孩子愛讀的漫畫中國經典

成語故事 ①

人物篇

幼獅文化　編繪

看漫畫、讀故事、學成語

妙趣橫生的紙上閱讀

中文是一種古老而博大精深的語言，有着豐富的詞彙和表達形式。成語是其中一種特有的詞彙，結構固定，言簡意賅，卻極富表現力。

成語的數量數以萬計，它們由古代沿用至今，經過數千年的錘煉，而成為中國語言的精華。它們有的來源於神話傳說，有的來源於歷史故事，還有的來源於各種文學作品。幾乎每一個看似簡單的成語，背後都有令人着迷的故事。這些故事或是記載了一個人的成長與挫折，或是還原了古代帝王治國的策略與手段，或是表現了古人在生活中的智慧與哲學……閱讀成語故事，不僅能讓孩子們了解精彩紛呈的中國古代世界，領略古人的智慧，還能讓孩子們加深對成語的理解，進而熟練掌握並運用成語。

這套成語故事，分為《人物篇》、《寓言篇》、《智慧篇》和《謀略篇》4冊，共收錄孩子們在日常生活中常見、常用的220個成語。

採用引人入勝的漫畫形式，同時融入中國經典連環畫的特色，獨具中國韻味。漫畫中的人物形象栩栩如生，服飾、場景古色古香。每幅漫畫下配有簡潔、流暢的文字；每個成語都有詳細的釋義及講述完整的成語故事，讓孩子們能輕輕鬆鬆地掌握經典成語背後的歷史、人物、文化精神及深刻寓意。每冊書還精心設計了「成語百寶箱」，將成語分類歸納，幫助孩子們高效記憶，觸類旁通。

希望這套圖書可以成為孩子們學習成語的好幫手、好夥伴，並讓孩子們在妙趣橫生的閱讀中領略到中文的魅力。

目錄

人物篇

百步穿楊

釋義：原指能在百步外射中指定的楊柳葉，現在用來形容箭法或槍法非常高明。

1 春秋時期，楚國有一位名叫養由基的射箭高手，他力大無窮，百發百中，大家都十分敬佩他。

2 有一個叫潘虎的人也很擅長射箭。他總是聽別人說養由基的箭術如何高明，心裏很不服氣，決定找養由基比試。

3 聽說養由基和潘虎這兩大射箭高手要一決高下，附近的百姓紛紛前來圍觀。

4 比賽開始了，潘虎率先上場。他拉開強弓，一連三箭都正中五十步外的箭靶中間的紅心。圍觀的人發出陣陣喝彩。

5 養由基指着遠處的一棵楊柳說：「靶子在五十步外的距離還是太近了，不如我射百步外的楊柳葉吧！」

6 說完，他叫人從那棵百步外的楊柳上選出一片葉子，並在上面塗上紅色標記。

7 接着，他拉弓射箭，只聽「嗖」的一聲，箭正好從楊柳葉上的標記處穿了過去。

8 在場的人見了無不伸出大拇指，連聲讚歎養由基箭法高超。

9 潘虎還是不服氣，覺得養由基是因為運氣好才射中了目標。於是，他又挑選了三片楊柳葉，請養由基再射三次。

10 養由基沒有推辭，又「嗖嗖嗖」地射出了三箭。只見那三箭不偏不倚，正中做了標記的楊柳葉。

11 現場頓時歡呼聲、喝彩聲連成一片。潘虎自愧不如，向養由基拱手施禮道：「果然是好箭法，在下輸得心服口服。」

閉門思過

釋義：關起門來反省自己的過錯。

1 西漢時期，韓延壽在東郡擔任太守一職。他為官清廉，盡忠職守，深受百姓愛戴。

2 有一年，韓延壽隨部下到高陵縣視察。當時正值春耕時節，韓延壽很關心百姓耕種的情況，一到那裏便直奔農田。

3 走着走着，他忽然聽到有人吵鬧的聲音。他循聲望去，看見不遠處的田埂上有兩個農民扭打在一起。

4 韓延壽忙讓部下將那兩個人分開，見那兩個人怒氣沖沖的樣子，韓延壽便問：「你們是為何事大打出手？」

5 其中年長的人說：「我弟弟霸佔了我的田地。」年青的不服氣地說：「這地明明是爹娘在世時留給我的……」

6 兩個人說着說着又扭打起來。韓延壽的部下忙制止他們，說：「你們先回家冷靜一下，過些日子太守再為你們處理此事。」

7 兄弟倆氣呼呼地離開了。韓延壽見此十分自責，對部下說：「發生兄弟不和的事，是我沒做好教化百姓的工作啊！」

8 回到住處後，韓延壽便關上房門，獨自待在房裏，反省自己的不足和過錯。

9 高陵縣的各級官員得知此事後，都自愧不如，紛紛開始反思自己工作的不足之處。

10 韓延壽的舉動讓爭田產的兄弟倆深感愧疚。他們剃去頭髮表示知錯，並向韓延壽請罪，承諾不會再爭搶田產。

11 韓延壽非常高興，熱情地設宴款待他們，並勸勉他們日後和睦相處。當地的百姓知道此事後，對韓延壽更加敬重了。

伯樂相馬

釋義：原指伯樂發現千里馬，後指由個人或羣體發現、推薦、培養和選用人才。

1 春秋時期，一個被稱為伯樂的人很會辨別馬匹，是著名的相馬師。楚王聽說後，就請他為自己物色一匹千里馬。

2 為了完成這個任務，伯樂走訪了許多盛產好馬的地方，可是每次都失望而歸。

3 這天，伯樂又坐車出去尋找千里馬。忽然，他瞥見路上有一匹馬正拉着一車乾草，氣喘吁吁地走着。

④ 他忙讓車夫停車，然後跳下車走到那匹馬跟前。只見那匹馬瘦骨嶙峋的，走得非常慢，伯樂憐愛地撫摩馬背。

⑤ 突然，那匹馬昂起頭，大聲嘶鳴起來。牠的叫聲響亮，直沖雲霄。伯樂從馬的聲音判斷出，這是一匹難得的好馬。

⑥ 伯樂對馬的主人說：「這匹馬應該在戰場上馳騁，用牠來拉車，實在是可惜了。不如你把牠賣給我吧！」 馬的主人一直嫌棄這馬又瘦又醜，幹起活來還慢吞吞的。現在聽到竟然有人想買下牠，他高興極了，毫不猶豫地答應了。

7 楚王見伯樂帶回來一匹骨瘦如柴的馬，十分生氣，指着馬吼道：「這馬瘦得只剩下骨頭了，哪裏像是一匹千里馬？」

8 伯樂不慌不忙地回答：「這確實是一匹千里馬，只不過牠一直在拉車，又沒有得到精心的照料，所以才變成這樣的。」

9 楚王半信半疑，於是命人盡心盡力地餵養這匹馬。果然，沒過多久，這匹馬就變得精壯威猛起來。

10 楚王跨上馬背，策馬飛奔，只覺得風聲在耳邊呼嘯。不一會兒，這匹馬就已經跑到了百里之外。這果然是一匹好馬！

伯樂相馬

不寒而慄

釋義：不冷而發抖，形容非常恐懼。慄，意指發抖。

1 西漢時期，有一位叫義縱的官吏，他執法嚴酷，不畏權勢，因此很受漢武帝的賞識。

2 有一年，義縱升任南陽太守。當地有個管理關稅的都尉叫寧（粵音佞）成，他利用職權肆意搜刮百姓，官員都不敢得罪他。

3 寧成早就對即將上任的義縱有所耳聞，知道他不好對付。為了討好義縱，寧成帶領全家在路邊恭恭敬敬地歡迎他。

4 義縱很清楚宵成這樣做的目的。因此，任憑宵成對他如何笑臉相迎、鞠躬送禮，他都不為所動，對宵成不理不睬。

5 一上任，義縱就先着手調查宵成，掌握了足夠多的證據後，便派人去逮捕宵成。

6 宵成是當地最有勢力的豪強之一。聽說宵成被捕，許多豪強都覺得在這裏待不下去了，紛紛舉家逃往外地。

7 後來，義縱又被調到了定襄郡做太守。定襄這個地方治安混亂，義縱查看卷宗時，發現有很多罪犯被重罪輕判。

8 他立即重新審訊了關押在牢中的兩百多名重犯，以及私自來探監、企圖為那些重犯開脫罪名的兩百多名門客和親屬。

9 案情查清後，他果斷地將這些罪大惡極的人全都判了死刑。同一天內，四百多人全被斬首。

10 儘管那天天氣不冷，可定襄郡的那些犯過錯誤的人得知這一消息後，無不嚇得全身直打哆嗦。

11 從那以後，定襄郡那些企圖貪贓枉法、胡作非為的不法之徒都變得規規矩矩的了，定襄郡迅速恢復了安定。

不名一文

釋義：沒有一文錢。形容貧困到了極點。
名，意指佔有。

1 漢文帝劉恆晚年時常幻想自己飛升成仙。一次，他夢見自己在一個身穿黃衣的人的幫助下，終於成功得以飛升。

2 漢文帝醒來後，反覆回想那個幫助自己的人長什麼樣子，卻一點兒也想不起來，只記得那人背後的衣帶打了一個結。

3 第二天，漢文帝乘船出遊，竟看到其中一個船夫的裝束與自己夢中所見的黃衣人一模一樣，便把他喊到面前問話。

19

4 這個船夫叫鄧通，面對漢文帝的問話，他表現得很從容。漢文帝認為他就是夢中幫助自己的人，賞賜了他錢財和官職。

5 漢文帝非常寵信鄧通。他還找來算命先生為鄧通算命。算命先生皺着眉頭說：「鄧大人日後恐怕會因貧窮、饑餓而死。」

6 漢文帝聽了很擔心，賞賜鄧通一座銅礦，並允許他可以自己鑄造銅錢。自此以後，鄧通腰纏萬貫，富可敵國。

7 鄧通也極力討好漢文帝。一次，漢文帝的後背長了一個毒瘡，疼痛難耐，鄧通竟用嘴把毒瘡中的膿血吸了出來。

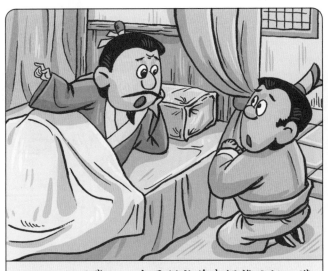

8 過了幾日，太子劉啟前來探望父親。漢文帝向他提起了此事，希望他也能為自己吸膿血。

9 劉啟見漢文帝的毒瘡又腥又臭，差點兒就吐了，但為了保住自己的太子之位，他也只得硬着頭皮上去吸膿血。

10 因為這件事，劉啟對鄧通懷恨在心，常常想除掉這個沒有一點兒才幹、只會阿諛奉承的大臣。

11 過了幾年，漢文帝去世了。劉啟繼承了皇位，他就是漢景帝。漢景帝一當上皇帝，就立刻將鄧通免了職。

不名一文

12 不久，有人向漢景帝告發，說鄧通在境外偷偷鑄錢。漢景帝立即派遣大臣審理此案。

13 確認了鄧通的罪狀後，漢景帝下令將鄧通家中的所有錢財沒收充公。從此，鄧通不僅一無所有，還欠了朝廷三萬兩的債款。

14 漢景帝的姐姐長公主劉嫖見鄧通可憐，便賞賜他一些錢財，但每次官吏都會將這些賞賜之物沒收，連一隻簪子都要收去。

15 據《史記》記載，鄧通後來窮困潦倒，就連一文錢都沒有了，只能寄住在別人家。最終，他在饑餓和貧困中死去。

差強人意

釋義：原指還算能夠振奮人的意志。後來多表示大體上還能讓人滿意。

1 吳漢是東漢開國皇帝劉秀的部下。他為人忠厚，智勇雙全，但平時沉默寡言。正因為這樣，起初劉秀並沒有注意到他。

2 當時，一位叫鄧禹的將軍很愛惜吳漢的才華，多次在劉秀面前舉薦吳漢。

3 劉秀召見吳漢後，覺得吳漢的確是個不可多得的人才，便封他做了大將軍。

23

4 吳漢作戰勇猛，帶領軍隊打了許多勝仗，為東漢的建立立下了汗馬功勞。

5 吳漢對劉秀也忠心耿耿，每次打仗都會緊緊地跟在劉秀身邊，時刻保護着他。

6 每天晚上，只要劉秀還沒有睡覺，他就恭敬地站在一旁守護。

7 有一次，劉秀帶兵出征，打了個敗仗，心中十分煩悶。其他將領也一個個垂頭喪氣的，失去了鬥志。

8 這時，劉秀忽然發現吳漢不在身邊，就問那些將領吳漢去哪裏了。

9 將領們紛紛搖頭説不知道。於是，劉秀就派了一個手下去看看吳漢在幹什麼。

10 去的人很快就回來了，他向劉秀稟報説：「吳將軍正在和士兵們一起修理武器裝備，清點兵馬呢！」

11 劉秀聽了，掃視了一眼面前那些垂頭喪氣的將領，感慨地説：「只有吳將軍的行為能夠振奮人心啊！」

沉魚落雁

釋義：魚見了沉入水中，雁見了落到地上。形容女子的容貌十分美麗。

1 春秋戰國時期，越國有一位叫西施的女子。她五官秀美，粉面桃花，相貌過人，是遠近聞名的美女。

2 有一次，她來到河邊洗衣，只見河水清澈照人，水中還有許多魚兒在游來游去。

3 當水裏的魚兒看到西施的倒影時，牠們完全被迷住了，竟然忘記了游動，漸漸地沉到了河底。

④ 與西施一起洗衣的女子見了這一情景，嘖嘖稱奇，還送給西施一個「沉魚」的稱號。後來，這個稱號漸漸地流傳開來。

⑤ 「落雁」則與漢代女子王昭君有關。昭君因不肯賄賂畫師而在畫像中被醜化，導致入宮後從未被漢元帝召見。

⑥ 後來，匈奴單于入朝，請求和親。一直沒有得到寵幸的王昭君主動請願，自願遠嫁匈奴。

⑦ 臨行前，漢元帝見王昭君樣貌出眾、風姿綽約，懊悔不已。但他又不能失信於單于，只得眼睜睜地看着她遠嫁。

8 王昭君告別了故土，登程北去。一路上，馬嘶雁鳴，想到自己可能永遠無法回到故鄉了，王昭君心裏非常難過。

9 為了排遣內心的憂傷，她在馬上懷抱琵琶，彈起了悲壯的離別曲子。

10 南飛的大雁聽到淒美的琴聲，看到馬背上的美麗女子，竟忘記了揮動翅膀，跌落在地。這就是王昭君「落雁」的由來。

11 後來，「沉魚」「落雁」共同組成了一個成語，人們常用它來稱讚容貌美麗的女子。

乘風破浪

釋義：形容船隻乘着風勢，破浪前進。現多比喻排除艱難險阻，奮勇前進。

1 宗愨（粵音確）是南朝宋國有名的將領。他出身儒學世家，卻從小喜歡耍刀弄棒，小小年紀便練就了一身高強的武藝。

2 宗愨十四歲那年，他的兄長宗沁（粵音滲）娶妻，親戚好友都紛紛前來祝賀。

3 宗家人來人往，熱鬧非常，有十幾個盜賊趁機混了進來。

4 這幫盜賊潛入了宗家庫房，準備入夜再動手。巧的是，有個僕人經過庫房門口時，聽到裏面有動靜，發現了盜賊。

5 僕人趕緊跑到客廳告訴大家這件事。客人們一聽，個個嚇得臉色發青。宗慤卻鎮定自若，拔出佩劍就直奔庫房。

6 宗慤一腳踢開庫房的大門，舉起手中的佩劍，朝其中一個裝束像是盜賊頭目的人砍去。盜賊頭目大吃一驚，忙揮刀抵擋。

7 其餘的盜賊見狀，將宗慤團團圍住。宗慤面無懼色，飛快地舞動手中的佩劍，將盜賊們一一刺傷在地。

8 這時，其他人也紛紛拿着武器趕來相助，盜賊見勢不妙，一窩蜂似的逃跑了。

9 盜賊被趕走後，賓客們紛紛稱讚宗慤機敏勇敢、武藝高強。

10 叔父問宗慤長大後想做什麼，宗慤回答：「願乘長風破萬里浪，幹一番偉大的事業。」叔父聽了不禁連聲讚歎。

11 後來，宗慤成了一名將軍，為國家立下赫赫戰功，贏得了世人的尊重。他的「乘風破浪」精神也鼓舞了許多有志之士。

程門立雪

釋義：舊指學生求學心切及尊敬師長。現在用來形容學生尊師重道，恭敬受教。

1 程頤是北宋著名的理學家和教育家。為了宣揚自己的思想，他創辦了「伊皋（粵音高）書院」，四方學子慕名前來求學。

2 其中，楊時和游酢（粵音鑿）是程頤的得意門生。這兩人不僅天資聰穎，而且學習十分刻苦，經常一起討論。

3 有一次，楊時和游酢又遇到了一個難題，他們討論了大半天，誰也說服不了誰，便決定去向老師程頤請教。

4 到了老師家，他們從窗外看見老師正坐在案几邊小睡。

5 游酢想敲門進去，楊時連忙攔住他說：「老師正在休息，我們還是不要打擾他，在門口等一會兒吧！」

6 游酢覺得楊時的話很有道理，便和他恭恭敬敬地站在門外等候。

7 此時正值隆冬，不一會兒，天上便下起了大雪，他倆卻仍站在原地，不打算離開。

8 雪越下越大，片片雪花飄下來，落到了他們的身上。他們覺得身上越來越冷，只好不停地搓手跺腳取暖。

9 沒過多久，這兩人從頭到腳都落滿了雪花，但他們仍不願離去。

10 直到門外積了一尺深的雪時，程頤才從夢中醒來。他推門出去，看到屋外那兩個「雪人」，不由得吃了一驚。

11 得知楊時和游酢是來請教問題的，又不忍心打擾自己，程頤心裏非常感動，忙把他們請進屋裏。

大腹便便

釋義：形容肚子肥胖的樣子。便（粵音同「便」宜）便，意指肥胖的樣子。

1 東漢時，陳留郡有一位教書先生，名邊韶，字孝先。他寫得一手好文章，大家都很仰慕他，紛紛將孩子送到他那裏學習。

2 很快，邊韶便收了幾百名學生。他性格開朗豁達，講起課來風趣幽默，不強調老師的威嚴，喜歡和學生打成一片。

3 邊韶有些胖，每次講課都挺着個大肚子，行動有些笨拙，學生們見了，經常笑他。

4 有一次，邊韶講了一會兒課，覺得有些困倦，便朝學生們揮揮手說：「今天的課就先講到這裏了，你們背書吧！」

5 說完，他在牆角坐下來，看着學生們背書。他感覺眼皮越來越重，後來再也支撐不住，打起了瞌睡。

6 不一會兒，邊韶鼾聲大作，圓鼓鼓的肚子隨着鼾聲時起時伏。他的學生們見了，都忍不住探頭探腦，暗暗偷笑。

7 其中一個調皮的學生，隨口編了幾句順口溜：「邊孝先，腹便便，懶讀書，但欲眠。」

8 學生們一聽，不禁笑作一團，也齊聲跟著他唸起來。邊韶這才被吵醒了。

9 知道學生在開玩笑，邊韶馬上編了幾句作答：「邊為姓，孝為字。腹便便，五經笥（粵音字）。但欲眠，思經事……」

10 大意是：「我的肚子雖大，但裝滿了經書；我愛睡覺，但睡覺時也想着經書上的事。」學生們聽了，非常佩服邊韶。

11 後來，邊韶的名氣越來越大，漢桓帝召他去做了官。邊韶擔任了許多要職，最後官至陳國相。

大義滅親

釋義：為了維護正義或國家利益，對犯罪的親屬不徇私情，使之受到嚴厲的懲罰。

1 春秋時期，衛國大夫石碏 (粵音卓)有個兒子叫石厚。石厚與衛莊公的兒子州吁 (粵音虛) 臭味相投，經常聚在一起。

2 石碏一再告誡石厚，讓他改掉惡習，並遠離州吁，石厚卻不肯聽從。石碏一怒之下，打了他一頓，然後將他鎖在房內。

3 頑劣成性的石厚竟破窗而出，逃出了家門。從此，他便住在州吁府上，不再回家。

4 衛莊公死後，太子姬完繼位，即衛桓公。石碏此時年事已高，又見衛桓公懦弱無能，便索性辭官回家了。

5 十多年後，州吁與石厚合謀殺死衛桓公，奪取了王位。由於得位不正，文武大臣和衛國百姓都十分厭惡他們。

6 石厚見州吁不受擁戴，便向州吁建議：「我父親石碏聲望頗高，且富有謀略，不如我請他出個主意。」州吁同意了。

7 石厚帶上厚禮去請教石碏。石碏說：「諸侯繼位，需得到周天子的支持。如果周天子承認了州吁，大家就會認可他了。」

8 石厚忙問：「那誰可以到周天子跟前為州吁說情呢？」石碏回答：「陳國公如今是周天子跟前的紅人，可以請他出馬。」

9 石厚大喜，告別父親後就直奔王宮，將這條計策告訴了州吁。沒過多久，這兩人就啟程前往陳國，去求陳國公幫忙了。

10 然而，這都是石碏的計謀。他對犯上作亂的兒子非常失望。石厚離開後，石碏給陳國公寫了一封血書。

11 他在血書中控訴了石厚和州吁的罪行，並懇請陳國公除掉他們。陳國公收到血書後，被石碏的忠心打動，決定依計行事。

12 石厚與州吁一進入陳國，就被陳國公的人抓了起來。不過，陳國公沒有殺掉他們，而是寫信給石碏，讓他派人來處理。

13 石碏接信後，召集百官商議給石厚和州吁定罪。很多人認為州吁謀權篡位，理應誅殺，而石厚只是從犯，可從寬處理。

14 石碏卻大義凜然地說：「在石厚的百般慫恿下，州吁才犯下滔天罪行。我不能因為私情而忘記大義。石厚罪不可赦！」

15 後來，他果斷派出家臣前往陳國斬殺了石厚。左丘明在《左傳》中寫到此事時，稱讚石碏是「大義滅親」的忠臣。

東窗事發

釋義：比喻陰謀或罪惡敗露。

1 公元1126年，北宋被金所滅。宋徽宗的第九子趙構南逃建立南宋，稱宋高宗。但他不思國恥，過着醉生夢死的生活。

2 金沒有停止進攻的步伐，多次發兵攻打南宋。所幸，在岳飛等主戰派的頑強抵抗下，南宋屢次轉危為安。

3 然而，就在岳飛極力抗金之時，奸臣秦檜卻在不斷慫恿宋高宗割地議和。膽小怕事的宋高宗竟同意了這個荒唐的建議。

4 岳飛聽說此事後，大為震驚，多次上書宋高宗，請求停止議和，齊心抗金。秦檜因此視岳飛為眼中釘，想方設法除掉他。

5 當時，抗金鬥爭已取得關鍵性勝利，收復失地指日可待。秦檜卻借宋高宗的名義，一連向岳飛下了十二道金牌，命他撤軍。

6 岳飛接到命令後，忍不住悲憤落淚。但皇命難違，他只得忍痛帶領軍隊回到了都城臨安。

7 相傳，岳飛回到臨安後，秦檜對是否殺害岳飛猶豫不決。一天，秦檜坐在臥室的東窗之下，眉頭緊鎖，思量對策。

8 妻子王氏知道他在煩惱何事，便說：「岳飛就像一頭猛虎，如果現在不除掉他，後患無窮啊！」秦檜聽了，連連點頭。

9 接着，夫妻倆在東窗之下，將接下來如何謀害岳飛的種種細節商量了一番。

10 不久，岳飛的手下王貴、王俊狀告岳飛的愛將張憲謀反，岳飛也因此牽連，被捕入獄。這都是秦檜和王氏的詭計。

11 岳飛受盡了刑罰，但他鐵骨錚錚，始終不肯認罪。秦檜最終以「莫須有」的罪名，將岳飛殺死在獄中。

12 後來，秦檜暴病而亡。沒過幾年，秦檜的兒子秦熺（粵音嬉）也死了。

13 王氏越想越覺得不對勁，急忙請道士來到家裏。

14 道士對秦檜恨之入骨，裝模作樣地做了一會兒法事，然後對王氏說：「我看見秦大人正在受刑呢！」

15 道士接着說道：「秦大人還讓我轉告您，說東窗事發了，請您多多保重。」王氏聽了，慌得跌坐在地，久久說不出話來。

咄咄逼人

釋義：原指言辭傷人，使人難堪。現形容氣勢洶洶或形勢發展迅速，給人壓力。

1 東晉名將殷仲堪是一位有名的孝子。他的父親曾得了一種怪病，他四處求醫無果，只得自學醫術，希望能把父親的病治好。

2 每次伺候父親吃藥，看着父親虛弱的樣子，他總是很難過。常常用拿藥的手去擦淚，久而久之，他的一隻眼睛失明了。

3 父親去世後，殷仲堪在家中守孝三年，之後才重新回到朝廷做官。

④ 一次，顧愷之、桓（粵音援）玄到殷仲堪家中做客。酒過三巡，殷仲堪提議，每人吟一句詩來描繪一個驚險的場景。

⑤ 桓玄率先説道：「矛頭淅（粵音色）米劍頭炊。」意思是站在矛尖上淘米，蹲在劍頭上燒飯。

⑥ 殷仲堪想了想，接着説道：「百歲老翁攀枯枝。」意思是一個百歲老人顫顫巍巍地攀着枯枝往上爬。

⑦ 顧愷之不甘示弱道：「井上轆（粵音碌）轤（粵音爐）臥嬰兒。」意思是在一個井口的轆轤上，躺着一個嬰兒。

8 這三個情景都驚險極了，他們說完後，都覺得非常滿意，一起拍手叫好。

9 殷仲堪的參軍，忍不住脫口而出：「盲人騎瞎馬，夜半臨深池。」意思是盲人騎著瞎馬，半夜時走到了深淵邊上。

10 這情景果然比之前那三個更驚險，但殷仲堪卻生氣地站起來說：「你說得真是咄咄逼人！」

11 眾人這時才反應過來，殷仲堪最忌諱別人說他眼瞎，這句詩戳到了他的痛處。參軍嚇得忙跪在地上，連連磕頭求饒。

咄咄怪事

釋義：形容不合情理、讓人難以理解的事情。咄咄是歎詞，表示驚歎。

1　東晉大臣殷浩出身於名門望族，是當時遠近聞名的才子，但他無心仕途，別人多次推薦他去朝廷任職，他都婉拒了。

2　後來，朝廷下旨徵召他為建武將軍、揚州刺史。他無法推辭，只得走馬上任。

3　當時，晉明帝的女婿桓溫把持政權，不畏權勢的殷浩上任不久就與他產生了矛盾。

4 有人勸殷浩，要以國事為重，拋棄個人恩怨，主動與桓溫講和。殷浩卻無論如何也不願意向桓溫妥協。

5 公元353年，殷浩奉命率軍出征。結果，在這場大戰中，殷軍大敗而歸。

6 桓溫見殷浩戰敗，幸災樂禍，趁機上書朝廷彈劾殷浩。

7 就這樣，忠心耿耿的殷浩被貶為平民，流放到了揚州東陽郡信安縣。

8 殷浩到信安後，從不怨天尤人，每天讀書寫詩，飲酒高歌，看起來悠閒自在極了。

9 但是當地人發現殷浩有一個很奇怪的習慣——他總是一邊走路，一邊伸出手指在空中比畫着寫字。

10 有一次，一個好事者悄悄地跟在殷浩後邊，也跟着一起比畫，細細琢磨殷浩到底在寫些什麼。

11 最後他發現，殷浩寫的是「咄咄怪事」。原來，殷浩無處傾訴冤屈，只能用這種獨特的方式抒發心中的憤懣。

方寸已亂

釋義：心緒已紊亂。形容內心已亂，沒有主意。

1 東漢末年，劉備因兵敗暫時投靠荊州的劉表。劉表派遣他到新野駐紮。有個叫徐庶的人很欣賞劉備的道義，便前去投靠他。

2 徐庶為劉備出謀劃策，接連擊退了曹軍的幾次進攻。劉備大為欣喜，從此對徐庶十分信任。

3 曹操聽聞己方大敗，十分驚訝，一打聽才知道劉備的軍師徐庶精通謀略，曹操恨不得立即將他收於麾下。

4 不久，劉表病死，他的兒子劉琮接管荊州。劉琮懼怕曹操強大的實力，便派使者前去向曹操投降求和。

5 劉備陷入了孤立被動的局面，只得率眾倉皇南逃，徐庶也帶着家人跟隨劉備逃亡。

6 可是，當逃到長阪坡的時候，他們被曹操的大軍追上了。徐庶的母親在混亂中被曹軍擄去。

7 徐庶是有名的孝子，母親被擄走後，他的內心十分煎熬。後來，他終於下定決心，辭別劉備，親自前去營救母親。

8 臨行前，徐庶對劉備說：「我本來想和主公共建霸業，無奈老母親被抓，我方寸已亂，所以只能向您告辭了。」

9 為了報答劉備的知遇之恩，徐庶還向劉備推薦了諸葛亮這個難得一遇的軍事奇才。

10 劉備送了徐庶一程又一程。直到徐庶的身影消失在原野盡頭，劉備仍不離去。

11 徐庶到了許昌後，被迫留在曹操身邊充當謀士。不過，據說他終生不曾為曹操貢獻過一條計策。

負荊請罪

釋義：背着荊條主動賠罪，請對方責打。
表示誠懇地賠禮道歉。

1 秦國想搶奪趙國的國寶——和氏璧，趙國的藺（粵音論）相如憑藉智慧和勇氣保住了寶物，因而被趙王封為上大夫。

2 過了幾年，秦王約趙王在澠（粵音敏）池會面。趙王和大臣們商議，藺相如認為對秦王不能示弱，還是前去較好。

3 趙王這才決定動身，並讓藺相如隨行。大將軍廉頗帶着軍隊送他們到邊界上，做好了抵禦秦軍的準備。

4 到了澠池，兩位國君一起喝酒聊天。不一會兒，秦王要趙王鼓瑟*。趙王不好推辭，只得勉強彈奏了一段。

5 秦王讓秦國的史官記錄下來，說在澠池會上，趙王為秦王鼓瑟。

6 藺相如便走到秦王面前說：「請您為趙王擊缶*(粵音否)。」秦王不肯，藺相如便威脅說要跟他拼命。

7 秦王被逼得沒辦法，只得敲了一下缶。藺相如也叫人記錄下來，說在澠池會上，秦王為趙王擊缶。

*瑟和缶都是古代的樂器。

8 秦王沒佔到便宜，又知道廉頗在隨時待命，只好讓趙王回去了。藺相如在澠池會上又立了功，被封為上卿。

9 廉頗見藺相如憑藉一張嘴，獲得的官職比自己還高，生氣地對身邊的人說：「別讓我碰見他，否則我讓他下不了台。」

10 藺相如知道後，就處處迴避廉頗，以免跟他碰面。後來，藺相如乾脆告了病假，不再去上朝。

11 一天，藺相如坐車出去，遠遠看見廉頗正騎着高頭大馬過來，他趕緊叫車伕掉轉車頭往回趕。

12 這可把藺相如的門客氣壞了，他們前去求見藺相如，說：「您的職位比廉頗還高，為什麼要怕他呢？」

13 藺相如說：「我不是怕他。現在秦國不敢進攻趙國，是因為忌憚廉將軍和我。我們倆鬧不和，會讓秦國乘虛而入。」

14 這些話慢慢傳到了廉頗的耳朵裏。一想到自己為了私利和面子斤斤計較，全然忘記了國家利益，廉頗就覺得羞愧難當。

15 於是，他按照當時認錯請罪的習俗，赤裸著上身，背着荊條到藺相如府上請罪。兩人就這樣冰釋前嫌，成了知心好友。

高山流水

釋義：比喻知音難遇或樂曲高雅精妙。

1 春秋時期，楚國人俞伯牙拜當時最有名望的琴師成連先生為師，學得一手彈奏七弦琴的高超技藝。

2 學成後，伯牙拜別師父，到各地遊歷。一天，他乘船沿江而下。

3 只見兩岸高山連綿不斷，山泉叮咚流淌。伯牙見此情景，心中大為觸動，於是端坐船上，輕撫琴弦，以寄情思。

4 琴聲悠揚，令人陶醉。忽然，岸上有人拍手叫好。伯牙循聲望去，見一個樵夫正倚着一擔柴在鼓掌。

5 伯牙見此人雖衣着儉樸，但神采不凡，便停船靠岸，請他到船上來交談。

6 這個樵夫名叫鍾子期，雖是個粗野之人，但自幼喜愛音律。伯牙怕鍾子期只是裝腔作勢，所以又彈奏了一曲，請他品評。

7 一曲彈罷，鍾子期感歎道：「真好！我好像看到了巍峨的泰山。」伯牙很吃驚，因為他彈奏時正是想着巍峨的高山。

8 伯牙又彈奏了一曲，這次他想到的是江水。鍾子期聽了拍手說道：「真妙！恍若廣闊的江河在我的面前奔流。」

9 伯牙大喜，激動地拉着鍾子期的手說：「你真是我的知音啊！」

10 兩人一直喝酒彈琴直到後半夜，並約定第二年中秋再到這裏相聚。

11 一年轉瞬即逝，很快便到了兩人約定的日期。伯牙如期赴約，可他站在船頭翹首等待了一晚，都不見鍾子期的身影。

12 伯牙很焦急，第二天一大早便上岸打聽鍾子期的消息。不幸的是，一位老者告訴他，鍾子期在幾個月前因病去世了。

13 伯牙傷心欲絕，在老者的帶領下，他帶着琴來到了鍾子期的墓前。他流着淚，為自己的知音彈奏了最後一首哀傷的曲子。

14 然後，他將琴高舉過頭頂又摔在地上。這把名貴的七弦琴被摔了個粉碎。

15 一旁的老者連聲說可惜，伯牙卻搖着頭傷感地說：「我唯一的知音已不在人世了，這琴還彈給誰聽呢？」

光彩奪目

釋義：形容光澤和顏色鮮豔耀眼。

1 石崇是西晉時期有名的大富豪。他在做荊州刺史時就大肆搜刮百姓、勒索遠行的商客，為自己積累了不少財富。

2 隨着擁有的錢財越來越多，石崇的虛榮心開始不斷膨脹，衣食住行都極盡奢華。

3 他家裏的廁所也豪華得令人瞠目結舌。曾有一個叫劉寔（粵音實）的官員去做客，他走進廁所時，以為自己進了臥室。

4 當時，洛陽城還有一個叫王愷的官員。他是晉武帝的舅舅，常倚仗自己的身分炫富。石崇不服氣，決定要與他一爭高下。

5 聽說王愷家用糖水來刷鍋，石崇就讓廚師把蠟燭當柴，燒火做飯。

6 聽說王愷出門時，讓人在道路兩旁用紫絲布做了二十公里的擋布牆，石崇就讓人用更華貴的錦緞做出更長的牆。

7 這事傳到了晉武帝的耳朵裏，昏庸的晉武帝不但不加以制止，還賜給舅舅王愷一棵兩尺多高的珊瑚樹，為其助力。

8 王愷高興極了，得意揚揚地邀請了許多人到家裏觀賞這件寶貝。石崇也應邀前去。

9 看到這件稀世珍寶，在場的人都嘖嘖稱讚。石崇也湊上前去，細細觀賞。

10 忽然，石崇拿起一柄鐵如意，猛地一擊，將那棵珊瑚樹打得粉碎。

11 王愷氣得直跳腳，指責石崇是因為嫉妒自己比他富有，才故意毀壞寶物。

12 石崇卻滿不在乎地說：「這樣的珊瑚樹有什麼稀奇的？你這麼心疼，我賠你好了。」

13 說完，他便讓下人從家裏搬來了六七棵珊瑚樹，每棵都高三四尺，而且枝條挺拔秀麗，光彩奪目。

14 在場的人都看呆了，王愷這才知道，要和石崇鬥富，自己還差得遠呢。

15 不過，石崇一味炫富，也為自己惹來了禍端。不久，他因被人告發意圖作亂而被賜死。

河東獅吼

釋義：比喻兇悍的婦女發怒。

1 北宋文學家蘇軾被貶黃州時，結識了一位叫陳慥（粵音糙）的知心好友。兩人常常一起飲酒作詩、討論文章。

2 有一次，蘇軾到陳慥家中做客。兩人促膝長談，把酒言歡，一直聊到了後半夜。

3 但他們的興致絲毫沒有減退，甚至還請來了幾個歌女在一旁歌舞助興。

4 他們玩得開心的時候，忽然聽到隔壁房間響起了一聲怒吼，緊接着傳來陣陣硬物敲打牆壁的聲音。

5 眾人大驚失色，陳慥嚇得拐杖都掉落在地上。回過神後，他忙帶着蘇軾到隔壁房間查看。

6 兩人推門進去一看，只見陳慥的妻子柳氏面露怒色，正拿着一根木棍使勁地敲打着牆壁。

7 原來，她聽見陳慥招來歌女和客人飲酒作樂，不禁醋意大發。一見陳慥進來，她便破口大罵。陳慥只得連連賠不是。

8 蘇軾見柳氏大發雷霆，也不好再久留，匆匆告辭離去。

9 第二天，蘇軾寫了一首詩，其中「忽聞河東獅子吼，拄杖落手心茫然」兩句調侃了陳慥被妻子嚇得驚慌失措的樣子。

10 句中的「河東」喻指出身河東的妻子柳氏，而「獅子吼」本是佛家用語，此處用來形容柳氏像獅子般怒吼。

11 明代戲劇家據此事創作了《獅吼記》，並用大量虛構的情節把柳氏塑造成一個潑辣悍婦的形象。

後顧之憂

釋義：需要回過頭來再考慮的憂患。指來自後方或將來的憂患。

1 李沖是北朝北魏的名臣。他才幹過人、為官清廉，因此深得孝文帝的器重，朝中大臣也十分敬仰他。

2 李沖曾協助孝文帝進行改革，還輔助孝文帝擬定了《魏律》，廢除了一些殘忍的酷刑，對後世影響深遠。

3 公元494年，為鞏固北魏政權，孝文帝遷都洛陽。當時洛陽城破敗不堪，孝文帝將修繕城市的任務交給了李沖。

4 李沖白天監管工程進度，晚上處理各種政務。在他的不懈努力下，新都洛陽煥然一新，成為當時最雄偉的城市之一。

5 幾年後，孝文帝率軍攻打南齊。出征前，他將朝中政事交給了李沖。李沖不負所托，將一切事務安排得井井有條。

6 除了處理日常政事，李沖還時刻關注前線，不間斷地與孝文帝通信，商議對敵之策，讓北魏軍隊避免了許多無謂的損失。

7 有個叫李彪的人，初到洛陽時前去投奔李沖。李沖見他頗有才學，便不遺餘力地在孝文帝面前舉薦他。

8 後來，李彪當上了中尉兼尚書，成了皇帝的近臣，但他變得目中無人，連對有提攜之恩的李沖都是愛搭不理的。

9 大臣們對李彪很不滿，前去找李沖反映情況。李沖聽了，決定親自寫奏章控告李彪。他越寫越生氣，竟一拳擊斷了書案。

10 李沖氣急攻心，一下子病倒了。家人為他請遍城中名醫醫治，也不見好轉。沒過多久，他便去世了。

11 李沖死後，孝文帝悲痛地對大臣們說：「李沖在朝，我在外征戰才能沒有後顧之憂。現在他不在了，我又該依靠誰呢？」

家徒四壁

釋義：家中只有四面牆壁。形容家境貧寒，一無所有。

1 漢朝時，四川有個叫卓王孫的富人。一天，他在家中大擺筵席，宴請賓客，場面十分熱鬧。

2 中午時，當地的縣令帶著一位叫司馬相如的年輕人前來赴宴。

3 司馬相如家境貧寒，但很有才氣，因此縣令非常器重他。酒過三巡，縣令請司馬相如彈奏一曲，為大家助興。

4 司馬相如也不推辭，落落大方地端坐於琴前，彈奏了一首動聽的曲子。在場的賓客無不鼓掌叫好。

5 卓王孫的女兒卓文君不僅長得漂亮，而且才華橫溢。她當時守寡在家，聽說大才子司馬相如來了，便躲在屏風後偷看。

6 司馬相如彈奏完一曲後，一眼就看到了屏風後面的卓文君。她美麗的容顏，令司馬相如一見傾心。

7 為了表達對卓文君的愛慕之情，司馬相如又彈奏了一首名為《鳳求凰》的曲子。

8 卓文君聰慧過人，立刻就明白了司馬相如的琴聲中所表達的情意，心裏又驚又喜。

9 她害怕父親不同意她嫁給司馬相如，當天晚上便和司馬相如走了。

10 司馬相如帶着卓文君回了家。卓文君推開門一看，頓時愣住了，因為屋子裏空空蕩蕩的，除了四面牆壁外，什麼也沒有。

11 卓文君雖然很震驚，但是一點兒也不後悔自己的選擇。後來，她和司馬相如結為夫婦，相親相愛，日子過得很幸福。

漸入佳境

釋義：比喻境況逐漸好轉或興趣逐漸濃厚。

1　顧愷之是我國東晉時期的大畫家，他多才多藝，以「畫絕、才絕、癡絕」而聞名於世。

2　顧愷之年輕時曾任大司馬參軍（大將軍的軍事參謀），跟隨大司馬桓溫南征北戰多年，因此很受桓溫器重。

3　有一次，顧愷之隨桓溫到江陵視察。當地的官員前來拜見他們，還送來一捆捆特產甘蔗作為見面禮。

4 桓溫十分高興，讓下人將捆在一起的甘蔗解開，分給大家嘗嘗。

5 顧愷之當時正出神地望着窗外的江景，沒有注意到桓溫講話。桓溫很照顧顧愷之，親自挑了一根甘蔗送到他的手裏。

6 顧愷之向桓溫道過謝後，竟看都不看拿起甘蔗就啃了起來。

7 桓溫見了，忍笑問他：「你覺得這甘蔗甜不甜？」顧愷之一邊看着窗外，一邊回答：「甜，甜！」

8 眾人聽了，都忍不住捧腹大笑。顧愷之聽到笑聲才回過神來，低頭一看，發現自己剛才倒着啃甘蔗。

9 顧愷之自己也樂了，調侃道：「你們笑什麼？吃甘蔗本來就應該這樣吃，才能越吃越甜，這叫『漸入佳境』！」

10 眾人聽了，都被他機智的話語折服，又紛紛大笑起來，拍案叫絕。

11 後來，顧愷之倒嚼甘蔗的故事流傳開來，當時還有不少人仿效他的這種吃法呢！

江郎才盡

釋義：原指江淹年少時很有才氣，到晚年時文思漸漸衰退。現比喻人的文思、才華衰退。

1 南北朝時，有個叫江淹的人。他非常好學。十三歲時，他父親去世了，家裏一貧如洗，但他還是沒放棄學業。

2 江淹的努力換來了收穫，他只要一提起筆，就文思泉湧，而且寫出來的文章總讓大家讚不絕口。

3 江淹入仕後，曾因受他人牽連被捕入獄。為洗刷自己的冤屈，江淹寫了《詣（粵音毅）建平王上書》。

4 相傳，劉景素看了江淹這篇氣勢磅礴、慷慨激昂的文章後，大為所動，當天就把江淹釋放了。

5 可是，到了晚年，江淹身上的才氣漸漸消失了，寫出來的文章空洞無味。有時候，他苦苦思索半天，也寫不出一個字來。

6 江淹再也沒能寫出佳作，人們紛紛傳言：「江郎的才思已經用完了。」有些好事者還為此編造了兩個傳奇故事。

7 第一個故事是這樣的：有一天，江淹在一座涼亭休息時，不小心睡著了。

8 他夢見一個叫郭璞的美男子走到他身邊，說：「多年前，我給了你一支五色筆，現在你該把它還給我了。」

9 江淹聽了，順手從懷裏掏出一支五色筆來還給他。從此，江淹便文思枯竭，再也寫不出好文章了。

10 第二個故事與第一個故事有着異曲同工之妙，說的是江淹某次泊船於禪靈寺外的江邊，夢見一個叫張景陽的人前來向他討還錦緞，江淹就從懷中把剩下的幾尺五彩錦緞還給了那個人。從那以後，江淹的文章就不再精彩了。

九牛一毛

釋義：九頭牛身上的一根毛。比喻極大數量中極微小的部分，微不足道。

① 西漢史學家司馬遷的父親司馬談是有名的史官。他收集了許多歷史資料，希望在有生之年寫成一部歷史巨著。

② 司馬談有意培養兒子司馬遷，除了教給他各種知識外，還讓他在二十歲時就開始遊歷各地，了解各種歷史事蹟。

③ 遺憾的是，司馬談沒能實現自己著史書的心願。臨終前，他把司馬遷叫到牀前，囑咐他接替自己完成那部史書。

4 司馬遷接過重擔，對父親收集的歷史資料進行整理，去偽存真。可就在他準備著書時，一件意想不到的事情發生了。

5 當時，匈奴頻頻入侵中原，漢武帝下令派大將李陵率五千人前去抗擊。

6 李陵深入敵人腹地，連戰十多天。匈奴動用了全部兵力來圍攻李陵。最終，李陵箭盡糧絕，不得不向匈奴投降。

7 漢武帝聽説李陵戰敗投降，大為震怒。朝中大臣見狀，也紛紛在漢武帝面前煽風點火，盡説李陵的壞話。

8 只有司馬遷站在一旁，默不作聲。漢武帝很奇怪，便詢問他的意見。

9 司馬遷與李陵算不上好朋友，但他還是為李陵辯解道：「李陵與敵人交戰十多天后，才被迫投降。或許他……」

10 漢武帝本來就怒氣沖沖，一聽司馬遷竟有意偏袒李陵，頓時火冒三丈，一怒之下將司馬遷關進了死牢。

11 按照當時的律法，司馬遷如果不想死，就要拿錢贖罪或接受宮刑。司馬遷湊不出那麼多錢，最後只得接受了殘酷的宮刑。

12 屈辱的刑罰讓司馬遷無數次產生了想要放棄生命的念頭，但每當想起父親臨終時的囑託，他又不得不振奮精神，堅強地活下去。

13 他在給好友的信中說：「我的死在別人眼中，就像九頭牛身上少了一根毛一樣不值一提。我一定要活下去，完成父親的遺願。」

14 公元前 96 年，漢武帝大赦天下，受盡屈辱的司馬遷終於得以出獄。

15 司馬遷發憤著書，歷經十四年，終於完成了偉大的史學著作——《史記》，對後世的史學和文學發展產生了深遠的影響。

狼子野心

釋義：狼崽子雖小，卻有着野獸的兇殘本性。比喻壞人的兇殘本性和險惡野心。

1 春秋時期，楚國司馬斗子良的妻子生了個兒子，取名為越椒。孩子滿月時，斗子良特意辦了酒宴，請來眾多親友慶賀。

2 斗子良的哥哥斗子文在朝中任令尹，是楚國的最高官。這天，他也應邀前來。酒席間，他讓弟弟斗子良抱孩子給自己看看。

3 斗子文接過孩子一看，臉色大變，他聲音顫抖地對斗子良說：「這孩子以後會是家族中的禍害，你不要留下他！」

4 斗子良嚇得魂飛魄散，一把將孩子從斗子文手中奪過來，喊道：「你瘋了嗎？這是我的親骨肉！」

5 斗子文指着孩子說：「他長得像狗熊，啼哭聲像狼嚎。狼崽雖小，卻有着野獸的兇殘本性。他長大後肯定是個殘暴之人！」

6 斗子良又震驚又惱怒，認為哥哥是頭腦不清醒，才說出這些瘋話。斗子文見無法說服弟弟，只好長歎一聲離開了。

7 此後，斗子文一直為家族命運而擔憂。臨終前，他召集族人說：「一定不要讓越椒參政，否則族人都會有殺身之禍！」

8 但越椒最終還是繼承了父親斗子良的官職，當上了司馬。斗子文的兒子斗般也接任了令尹之職，兩人共同輔佐楚莊王。

9 後來斗般因遭人誣陷殺害。越椒因此頂替令尹一職，但他並不滿足。公元前605年，越椒發動政變，企圖奪取王位。

10 不過，野心勃勃的越椒並沒有得逞，最終他率領的叛軍在戰鬥中慘敗，他自己也因身受重傷而死。

11 斗氏家族受此事牽連，慘遭滅族，斗子文的預言竟真的應驗了。

樂不思蜀

釋義：感到很快樂，不思念蜀地。形容在新環境中得到樂趣，不再想回到原來的環境中去。

1 公元263年，魏將鄧艾率軍來到蜀漢都城成都。後主劉禪十分害怕，率太子及大臣六十餘人，反綁雙手，出城投降。

2 劉禪降魏後，被押送到了洛陽，隨行的還有蜀漢的一些大臣。魏國權臣司馬昭為弄清楚劉禪是否有反心，決定用計試探他。

3 司馬昭讓皇帝封劉禪為安樂公，不僅賞給他華麗的住宅和一百多名僕人，還按月給他俸祿。劉禪連連拜謝。

4 過了幾天，司馬昭還下令大擺筵席，招待劉禪和蜀漢舊臣。

5 宴會上，司馬昭故意讓人演奏蜀地的音樂。蜀漢舊臣聽了，無不悲痛落淚。劉禪卻絲毫沒有悲傷的情緒。

6 司馬昭見狀，對手下說：「此人無情到這種地步，就算諸葛亮還活着，也不能保他帝業長久啊！」

7 席間，司馬昭問劉禪：「你思念蜀地嗎？」劉禪回答：「我在這裏快樂極了，一點都不思念蜀地。」

8 劉禪去上廁所時，蜀漢大臣郤（粵音隙）教他：「若司馬昭再問您，您要哭着說：『祖先墳墓在蜀地，我很懷念那裏。』」

9 等劉禪回到座位，司馬昭又問了他這個問題。劉禪就把郤正教他說的話說了一遍，但他哭不出來，只好閉着眼睛。

10 司馬昭笑着說：「這話怎麼聽着像是郤正說的？」劉禪忙說：「正是他教我的。」司馬昭和手下聽了都哈哈大笑。

11 司馬昭見劉禪胸無大志又只顧逸樂，從此以後不再對他有戒備，任由他每天與歌女們享樂。

梁上君子

釋義：躲在房梁上的君子。原本是竊賊的代稱，現也比喻脫離實際、脫離羣眾的人。

1 東漢時期，有個叫陳寔的官員。他為官清廉，處事公正，百姓都對他判決的案件心服口服。

2 有一年，莊稼收成不好，許多人家都窮得揭不開鍋。一些人便鋌而走險，做起了偷雞摸狗的行當。

3 一天夜裏，有一個小偷趁着夜色偷偷溜進了陳寔家中，躲在房梁上。

4 　陳寔回房休息時，無意中瞥見了房梁上的小偷，但他裝作沒看見的樣子，穿好衣服又走出了房門。

5 　一會兒，陳寔領着兒孫們來到房間。他嚴肅地說：「幹壞事的人是因為沒有嚴格要求自己，才漸漸染上了壞習慣。」

6 　然後，他指着房梁，接着說道：「當然，如果誠心悔改，也是能成為君子的，就像我們房梁上的那位君子。」

7 　房梁上的小偷一聽，吃了一驚，連忙從房梁上跳下來，向陳寔磕頭認錯。

8 陳寔扶那個小偷起身，語重心長地對他說：「看你的樣子也不像個壞人，大概是因為生活貧困，才不得不這樣做吧！」

9 說完，陳寔讓家人取出兩匹布送給小偷，讓他拿去賣了，換些本錢做生意。

10 小偷淚流滿面地接過那兩匹布，連聲道謝，並一再保證從此以後會改邪歸正，踏實做人。

11 果然，小偷回去後踏實本分地做生意，成了一個勤勞的青年。縣上的其他小偷聽說此事後也受到觸動，紛紛改過自新。

釋義：兩袖中除了清風外，一無所有。多比喻為官清廉。

1 于謙是明朝著名的政治家，曾任監察御史、兵部侍郎、兵部尚書等要職。他一生清正廉潔，剛正不阿，深受百姓愛戴。

2 雖然身居高位，但于謙生活儉樸，衣食住行與平民無異。外出考察民情時也只乘坐普通騾車，沒有儀仗和侍衛跟從。

3 達官貴人過生日，總是大擺筵席，請客慶祝。于謙卻在生日這一天謝絕來訪，拒收禮物，獨自坐在家中靜思。

4 當時，官場腐敗，賄賂成風。年幼的明英宗即位後，宦官王振把持朝政。朝中官員為了巴結王振，都向他贈送重金厚禮。

5 只有于謙一身正氣，不隨波逐流，每次進京都兩手空空。他的兩位手下勸他，即使不帶金銀，總要帶一些手信表示心意。

6 于謙聽了哈哈大笑，甩了甩兩隻衣袖，說：「我只帶上這兩袖清風。」

7 他作了一首《入京》：「絹帕蘑菇與線香，本資民用反為殃。清風兩袖朝天去，免得閭（粵音雷）閻（粵音炎）話短長。」

8 于謙剛正不阿、不肯逢迎的個性激怒了王振。沒過多久，王振便借機誣陷于謙勾結黨羽、目無朝廷，將他逮捕入獄。

9 河南、山西的官吏和百姓聽說此事後，非常憤怒，紛紛進京上書抗議，要求立即釋放于謙。

10 王振騎虎難下，只得藉口抓錯了同姓名的人，釋放了于謙，讓他官復原職。

11 不過，後來于謙還是因朝中發生政變而遭殺害。但抄查他家宅的官兵發現，于謙家中除了書，沒有任何值錢的東西。

芒刺在背

釋義：草木莖葉、果殼上的小刺紮在背上。形容心中因為畏懼而不安。

1 霍光是漢武帝時期的一名謀臣，他跟隨漢武帝二十多年，從未犯過一次錯誤，所以很得漢武帝信任。

2 漢武帝臨終前，立八歲的劉弗陵為太子，並指定霍光和金日（粵音覓）磾（粵音低）等大臣輔政。

3 劉弗陵即漢昭帝。在所有的輔政大臣中，漢昭帝最信任霍光，霍光因此得以獨攬大權。

4 漢昭帝在二十歲時因病去世了，沒有留下子嗣。霍光便與羣臣商議，選了漢武帝的孫子昌邑王劉賀作為皇位繼承人。

5 不料，這位新皇帝行為很不檢點，在為先皇服喪期間，就花天酒地，夜夜笙歌。

6 霍光對這位皇帝非常不滿意，於是和大臣們聯名上書給上官太后，讓她下旨廢掉劉賀，另立漢武帝的曾孫劉詢為帝。

7 劉詢是廢太子劉據的孫子。當年劉據因被誣陷謀反，全家遭到殺害。尚在襁褓中的劉詢被一名獄吏救下，寄養在外祖母家。

8 霍光派人將在民間長大的劉詢接入宮中。由於劉詢是庶民，上官太后先封他為陽武侯，再立他為帝，也就是漢宣帝。

9 漢宣帝即位時，與霍光同乘馬車去祭祀。他見霍光身材高大，神色威嚴，頓時覺得像有芒刺紮在背上一般坐立不安。

10 此後，漢宣帝每次見霍光都處處小心謹慎，因為他知道霍光權傾朝野，自己的廢立和生死存亡都掌握在他的手中。

11 公元前68年，霍光因病去世，處處受制的漢宣帝才終於鬆了一口氣。

毛遂自薦

釋義：原意是毛遂自我推薦。現比喻自告奮勇，自己推薦自己擔任某項工作。

1 公元前257年，秦國攻打趙國，準備一舉攻下圍困半年之久的趙國都城邯鄲。趙孝成王慌了，忙命平原君去楚國求援。

2 平原君擔心楚國不會輕易答應出兵，便打算從自己的門客中挑選出二十位智勇雙全的人隨他一同前往。

3 平原君養有門客數千人，可他挑來挑去，符合他要求的也只有十九人。平原君發愁了，長長地歎了一口氣。

4 這時，一位門客主動走上前來，對平原君說：「您看我能不能與您一起去呢？」

5 平原君覺得他陌生，便問他的姓名。這人簡單介紹了一下自己，平原君這才知道他叫毛遂，來自己門下已有三年了。

6 平原君不屑地說：「有才之人就像是裝在布袋中的錐子，總會露出尖。先生到我這兒三年，我還沒見過你呢！」

7 毛遂回答說：「那是因為您沒將我放入袋中，要不我早就『露』出來了。平原君聽他這麼有自信，便勉強答應了他的請求。

8 被選出來的十九名門客覺得毛遂過於狂妄自大，都在一旁交頭接耳，暗暗嘲笑他。

9 平原君帶着選出來的門客到了楚國。然而，他從早上說到了中午，用盡了各種方法都沒能說服楚考烈王出兵抗秦。

10 見此情景，平原君帶去的那些門客都一籌莫展，只好呆呆地站立在不遠處。

11 這時，毛遂手按着寶劍走上前來，不滿地對楚考烈王說：「是否同意聯合抗秦不過是一句話的事，怎麼半天都無法決斷？」

12 楚考烈王見毛遂如此放肆，十分不悅，但礙於他拿着寶劍，不好發作，只得忍着怒氣問他有何高見。

13 毛遂便將楚國出兵援趙的好處一一列明，見解精闢，論述周密。楚考烈王聽了，大為所動，立即答應出兵。

14 當天下午，楚考烈王便與平原君歃（粵音霎）血為盟，簽訂盟約。

15 經此一事，平原君對毛遂刮目相看，從此把他奉為上賓。

孟母三遷

釋義：孟子的母親為選擇良好的環境教育孩子，三次遷居。現在形容父母用心培養孩子。

1 孟子原名孟軻，是我國古代有名的思想家。他的父親很早就去世了，家裏全靠母親紡紗織布來維持生活。

2 孟母一心想將兒子培養成一個有才能、有見識的人，因此對兒子要求十分嚴格。

3 最初，他們母子倆住在一片墓地附近，常常能看到掃墓的人來此處跪拜祭奠。

4 孟子覺得很好玩，就和小夥伴們在家門前壘起一個小土堆，當作墳墓祭拜起來。

5 孟母見了，大吃一驚，認為繼續住在這個地方對孩子的學習和成長都不利，便帶着孟子搬家了。

6 他們搬到了集市附近。此處熱鬧非凡，商人為了兜售貨物而高聲叫賣，顧客為了低價買得心儀之物而討價還價。

7 時間長了，耳濡目染，孟子與小夥伴們也玩起了做買賣的遊戲。他們一會兒鞠躬迎客，一會兒討價還價……

ソ

8 孟母一看，很是擔心，決定再次搬家，找一個真正適合孩子學習和成長的地方。

9 這次，他們搬到了一所學堂附近。每天，孟子都可以看到和自己差不多大的孩子進入學堂、認真讀書的場景。

10 漸漸地，孟子也受到了影響，變得越來越喜歡讀書，也開始守秩序、懂禮貌了。

11 孟母看到孟子的變化，非常高興，滿意地說：「這才是我兒子應該住的地方啊！」後來，他們就一直住在那裏。

名落孫山

釋義：原意是說名字落在榜末的孫山後面。現在指在考試或選拔中沒有被錄取。

1 宋朝的時候，有一個名叫孫山的才子。他聰敏過人，說話也很幽默，時常逗得大家哈哈大笑。

2 有一年，孫山要進京參加科舉考試，一位同鄉便讓自己的兒子跟孫山一起去，以便在路上有個照應。

3 他們一路跋涉，終於來到了京城，和眾多學子一同參加考試。

4 過了一段時間，終於放榜了。孫山和同鄉的兒子一起興沖沖地去看榜。孫山擠到榜單前，先在上面尋找「孫」字。「啊！找到了，找到了，在榜末，我中了！」 孫山激動得大喊大叫、手舞足蹈。

5 孫山轉身去找同鄉的兒子，想問問他考得如何，卻見他站在遠處，神情沮喪。看他這副模樣，孫山就知道他落榜了。

6 孫山安慰了他一番，然後就先告辭回家了。他想儘早將這個喜訊告訴家人。

7 一進家門，孫山就高聲宣布自己上榜的消息。聽到這個喜訊，一家人喜極而泣。

8 鄉鄰們聽說孫山高中，都來向他祝賀。那位同鄉也在人羣當中，他急忙問孫山：「我兒子考中了嗎？」

9 孫山既不好意思直接回答，又不便隱瞞，就隨口唸出兩句詩：「解名盡處是孫山，賢郎更在孫山外。」

10 意思是孫山排在舉人榜的最後一名，您兒子的名字還在孫山的後面。同鄉一聽便明白了，只得垂頭喪氣地離開。

釋義：原指車胤用口袋裝螢火蟲照明來讀書，孫康用雪的反光來苦學這兩個故事。形容在極端困難的條件下刻苦學習。

1 東晉時，有一個叫車胤（粵音刃）的人，他從小喜歡看書，但家境貧寒，沒有錢買燈油，晚上就無法看書了。

2 一個夏天的晚上，車胤坐在院子裏乘涼。忽然，他看到有什麼亮閃閃的東西從身邊飛過。

3 他雙手一捂，就將那個亮閃閃的東西抓在了手心。他小心翼翼地攤開手一看，原來是一隻螢火蟲。

4 車胤看着螢火蟲，心想：「一隻螢火蟲發出的光亮有限，但如果將許多螢火蟲集中在一起，不就是一盞燈了嗎？」

5 於是，他抓來幾十隻螢火蟲，放進一個紗囊裏。紗囊中的螢火蟲發出的光亮雖不如油燈，但也足以看清書本上的字了。

6 從此，只要看到有螢火蟲，車胤便會抓來當作燈用。他利用這些「燈」刻苦讀書，研究學問，最終成為著名的學者。

7 同一時代，有個叫孫康的人，他也是窮苦人家的孩子，所以有着和車胤一樣的煩惱——買不起燈油看書。

8 一個冬天的夜晚，孫康從睡夢中醒來，發現窗縫裏透進一絲光亮。

9 他推開窗一看，發現外面下起了鵝毛大雪，積雪已經有一尺厚了，反射的亮光映照得四周亮堂堂的。

10 孫康大喜，立即拿着書來到屋外，借着積雪反射的亮光讀起書來。他認真地讀着，手腳都凍僵了，也不願意回房休息。

11 後來，孫康學有所成，還做了高官。後人根據車胤和孫康的故事，概括出「囊螢映雪」這一成語。

嘔心瀝血

釋義：比喻費盡心思和精力。

1 唐代詩人李賀自幼就十分聰明，七歲便能作詩，人們都稱他為神童。

2 可是，年少成名的李賀在成年後，一直懷才不遇，不受朝廷重用。他只好把苦悶的心情全部傾注在詩歌創作上。

3 相傳，李賀寫詩十分注重觀察生活，積累材料。每天天剛亮，他就騎着瘦馬，背着書袋，帶上書僮出門了。

④ 他一邊看着沿途的景物，一邊思索。只要想出幾句好詩或心得體會，他就馬上讓書僮記下來，然後裝進書袋中。

⑤ 有時一天下來，書袋就被寫有詩句的草稿塞得鼓鼓囊囊的了。

⑥ 回到家後，李賀常常顧不上吃晚飯，就開始整理書袋中的草稿。

⑦ 只要不是生病或者家裏辦紅白大事，無論陰晴雨雪，李賀都堅持這樣做。

8 李賀的身體很不好，母親十分心疼他。一天，她見李賀的書袋實在是太破舊了，便想拿過來縫補一下。

9 她打開書袋，發現裏面的許多草稿，不由得心疼：「我兒子真是要把心血嘔出來啊！」「嘔心」的説法便由此而來。

10 李賀寫下了許多膾炙人口的詩篇。可惜的是，由於作詩過於刻苦，他思慮過甚傷身，在二十七歲時便去世了。

11 「瀝血」一詞則出自韓愈的「剟（粵音膚）肝以為紙，瀝血以書辭」。「嘔心」和「瀝血」後來合為成語。

旁若無人

釋義：形容目中無人，態度傲慢；也形容自然從容、投入的樣子。

1 戰國時期，衛國俠士荊軻飽讀詩書、武藝高強，卻得不到國君的重用。他十分失望，開始遊歷各國尋找出路。

2 荊軻到了燕國後，與隱居市集賣肉的高漸離結識。兩人志趣相投，沒過多久便成了無話不談的知己。

3 他們每天都結伴到鬧市上喝酒，一直喝到酩酊大醉才肯罷休。

4 有一次，荊軻又和高漸離相約到鬧市上喝酒。兩人喝到八九分醉時，搖搖晃晃地來到了鬧市中央。

5 高漸離忽然來了興致，取下隨身背着的樂器——築，即興彈奏起來。荊軻聽得入了迷，隨着音樂搖頭晃腦。

6 過了一會兒，荊軻隨着音樂哼出聲來。高漸離的琴聲越來越慷慨激昂，荊軻的歌聲也隨之越來越高亢響亮。

7 鬧市上的人都覺得這兩人行為古怪，忍不住駐足觀看。

8 漸漸地，圍觀的人越來越多。他們對荊軻和高漸離指指點點，議論紛紛，看這兩人的眼神就像看怪物一樣。

9 但荊軻和高漸離一點兒也不在乎，唱到悲切之處時，兩人還放聲痛哭起來，仿佛這個世界只有他們倆存在一樣。

10 燕國隱士田光賞識荊軻的才學和武藝，還有他豪邁和旁若無人的氣概，便將荊軻引薦給了燕國太子丹。

11 太子丹得知荊軻劍術和膽識過人，便將行刺秦王的重任交給了他。這便有了後來荊軻刺秦王的故事。

貧賤之交

釋義：貧賤時結交的知心朋友。

1 東漢名臣宋弘忠誠正直、品行高尚，深得光武帝劉秀賞識。有一次，光武帝讓宋弘舉薦賢能之士，宋弘推薦了桓譚。

2 桓譚博學多才，精通五經、音律，光武帝封他為議郎、給事中。每次設宴，光武帝都會讓桓譚彈奏悅耳的音樂。

3 宋弘聽說後，斥責桓譚：「我舉薦你，是想讓你輔佐聖上，你卻讓他沉迷音樂。」桓譚自知理虧，連連鞠躬謝罪。

④ 光武帝犯錯，宋弘也會當面指出。一次，宋弘求見光武帝時，發現光武帝的座位後擺放着畫有美女的屏風。

⑤ 光武帝一邊說話，一邊欣賞着屏風上的美女。宋弘提醒道：「我從沒見過一個人嚮往高尚的道德能像喜歡女色一樣。」

⑥ 光武帝聽出他話中有話，臉唰地的一下紅了，立刻命人將那些屏風撤掉。

⑦ 光武帝的姐姐湖陽公主的丈夫去世了，光武帝見姐姐孤身一人，想為她找一個伴侶，可湖陽公主只看中了已娶妻的宋弘。

8 光武帝左右為難，又不想讓姐姐失望，於是他找來宋弘問話，還讓姐姐躲在屏風後偷聽。

9 一見面，光武帝就問宋弘：「俗話說，地位高了朋友就會多，而錢財多了就會對結髮妻子產生厭倦，這是人之常情吧？」

10 宋弘回答道：「俗話還說，貧困時結交的朋友、共患難的妻子都是不能拋棄的。」

11 宋弘走後，光武帝對湖陽公主說：「聽到了吧？他是不會拋棄妻子跟你成親的，你還是看看有沒有其他合適的人選吧！」

破鏡重圓

釋義：比喻夫妻失散後重新團聚，或決裂後重新和好。

1 南朝時陳國有一位叫徐德言的青年公子，他因才氣過人而被樂昌公主招為駙馬。兩人成親後，情投意合，十分恩愛。

2 但陳國的君主陳叔寶昏庸無能，導致國內政局不穩，而北方的隋文帝又對陳朝虎視眈眈。徐德言預感國家將發生動亂。

3 他害怕自己與妻子在動亂中被迫分離，便把一面銅鏡一分為二，一半自己留下，一半交給妻子，作為日後夫妻相認的憑證。

4 徐德言與妻子約定，若日後離散，妻子可以讓人在元宵節拿着那半面鏡子去售賣，他定會拿着另外半面去相認。

5 果然，沒過多久，陳朝就被隋滅了。樂昌公主與丈夫失散，後來她被隋文帝賞賜給了功臣楊素做小妾。

6 楊素很寵愛樂昌公主，但她心中始終掛念着徐德言。每天她都出神地撫摩着那半面銅鏡。

7 而徐德言隨着逃難的人羣到了很遠的地方。一天，他聽別人說樂昌公主可能在都城長安，便立即起程前去尋找。

8 到了長安後，他卻始終打聽不到妻子的消息。他想起當初兩人的約定，便決定暫時安頓下來，等待元宵節的到來。

9 好不容易熬到了元宵節，徐德言拿着那半面銅鏡在大街上到處遊蕩。忽然，他聽見一陣眾人起哄的聲音。

10 他循着聲音，穿過擁擠的人羣，看見有位老人正拿着半面銅鏡高聲叫賣。圍觀的人都在指指點點，嘲笑這位老人。

11 徐德言激動地走上前去，說願意買下鏡子，還將自己手中的半面鏡子遞給他。老人將它們放在一起，剛好吻合。

12 原來這位老人是樂昌公主的僕人。老人將徐德言拉到僻靜處,告知他樂昌公主的下落。

13 徐德言聽了,不禁淚流滿面,提筆寫下一首詩:「鏡與人俱去,鏡歸人不歸。無復嫦娥影,空留明月輝。」

14 徐德言托老人將詩轉交給樂昌公主。樂昌公主看到這首詩後,泣不成聲,從此茶飯不思,以淚洗面。

15 楊素得知後,很同情這一對夫妻。他請來徐德言,讓徐德言帶樂昌公主回去。這對落難夫妻歷經磨難,終於破鏡重圓。

撲朔迷離

釋義：形容事情錯綜複雜，不容易看清真相。

1 相傳，在南北朝時期，有一位叫花木蘭的女子。她勤勞善良，心靈手巧，每天天剛亮就起來紡線織布，補貼家用。

2 這天，木蘭正在家中織布，卻見父親拿著一份文書，在一旁唉聲歎氣。於是，她停下手中的紡輪，上前問父親有什麼煩惱。

3 父親將文書遞給木蘭，說：「最近胡人大肆侵犯邊境，前方戰事緊張，連爹爹這把老骨頭都要上前線了！」

4 原來，這是一份徵兵文書。木蘭吃了一驚，她知道胡人兇猛剽悍，父親又上了年紀，此去必定凶多吉少。

5 木蘭含淚將文書看了又看，下定決心，向父親請求道：「爹爹，您身體不好，弟弟還年幼，不如讓女兒替您從軍吧！」

6 父親拍着木蘭的肩膀，淚流滿面地說：「爹爹知道你孝順，但你是個女兒身，這樣荒唐的話你以後不要再說了。」

7 木蘭沒有再提此事，卻一個人偷偷準備從軍的事。她瞞着父母，從市集上買了駿馬及各種馬具。

8 過了幾日，一切準備妥當，她便留下一封信辭別父母，女扮男裝上前線去了。

9 木蘭雖是個女子，但平日裏也愛舞刀弄槍，因此武藝非凡。在戰場上，她毫不膽怯，總是衝在最前面，奮勇殺敵。

10 她表現得如此出色，根本沒人懷疑她是一個女子。憑藉着赫赫戰功，木蘭一步步當上了大將軍，受到眾多將士的愛戴。

11 十二年後，戰爭結束了。軍隊得勝歸來，皇帝犒賞有功的將士。但木蘭沒有接受封賞，只請求皇帝讓她早日還鄉。

12 皇帝見她歸家心切，便成全了她。戰友們陪着木蘭一路奔波，回到了家中。久別重逢，一家人喜極而泣。

13 木蘭重新穿上女子的服裝，梳洗打扮一番後，出來見眾人。戰友們看到她這個樣子，都傻了眼。

14 他們圍着木蘭轉了幾圈，連連感歎道：「天啊，我們與將軍在戰場上衝鋒殺敵十二年，竟然不知道將軍是個女子！」

15 據此寫的《木蘭辭》中，最後幾句寫安靜時容易分辨雌雄的兔子，奔跑時卻難以認清，就像在戰場上未被認出的木蘭一樣。

孺子可教

釋義：意思是說小孩子是可以教誨的。後來形容年輕人有出息，可以造就。

1 秦朝時，韓國貴族張良為了復國，招募了一個大力士去刺殺秦始皇。不料，刺客的鐵錘砸錯了車，導致行刺失敗。

2 為了躲避過追捕，張良逃到了下邳（粵音皮）。一天，張良到沂（粵音兒）水邊散步。遠遠地，他看到一位老人坐在橋上。

3 張良上橋後，老人用力地一晃右腳，將鞋子甩到了橋下。他請求張良下橋幫他撿鞋。

4 張良見那位老人鬚髮全白，行動不便，便耐着性子，走到橋下，撿回了那隻鞋子。

5 那老人倒也不客氣，見張良拿着鞋子回來，竟伸出右腳，讓張良幫自己穿上。

6 張良雖然心裏有點不高興，但覺得這不過是舉手之勞，便沒有推辭，恭恭敬敬地幫老人穿上了鞋。

7 老人滿意地將了將鬍子起身離開。張良心想：這位老者舉止不凡，說不定有些來歷。

8 不一會兒，老人返回來，對張良說：「你這個孩子值得教導！五天後的黎明，你來這裏等我吧！」張良連連答應。

9 五天後，張良如期赴約，老人早已在橋上等候。一見張良，他便生氣地說：「與人相約怎可遲到？你五天後再來吧！」

10 五天後，張良不敢怠慢，提早兩個時辰就出發了，可還是比老人遲。老人訓斥了他一番，然後吩咐他五天後再來。

11 他們約定的前一晚，張良一晚上都沒敢合眼，半夜就起牀到橋邊等候了。等了一個多時辰，張良看見老人緩緩向他走來。

12 老人這回總算滿意了，高興地拍了拍張良的肩膀，說：「這樣才對啊！這卷書就送你了。」說着他鄭重地遞給張良一卷書。

13 張良道過謝後，小心翼翼地接過書。他正想問老人的尊姓大名，卻見那位老人頭也不回地走了。

14 張良回家後，在燈下細細一看，發現那書竟是失傳多年的《太公兵法》。那可是當年姜太公幫助周武王滅商的用兵方略啊！

15 張良喜出望外，日夜研讀這部兵法。後來，他成為了一名傑出的軍事家，幫助劉邦推翻秦朝，戰勝項羽，建立了漢朝。

姍姍來遲

釋義：形容不慌不忙，來得很晚。姍姍，意指走路緩慢從容的樣子。

1 西漢時，樂師李延年能歌善舞，技藝絕佳，深受漢武帝賞識。

2 一次，他作了一首新曲，請漢武帝和平陽公主鑑賞：「北方有佳人，絕世而獨立，一顧傾人城，再顧傾人國……」

3 漢武帝聽得入了迷，搖頭歎息道：「世上果真有這樣的絕色佳人？」

4 平陽公主笑着說：「怎麼沒有？李樂師的妹妹就有這樣傾國傾城的美貌。」

5 漢武帝心動不已，忙宣李延年的妹妹進宮。果然，如平陽公主所說，李延年的妹妹風姿綽約，是難得一見的美人。

6 漢武帝對她一見傾心，於是封她為李夫人，讓她在宮中陪伴自己。

7 不幸的是，李夫人紅顏薄命，進宮沒幾年，便身染重病去世了。

8 漢武帝十分悲痛，命人畫了一幅李夫人的畫像。每當思念李夫人時，他就看着那幅畫像，默默掉淚。

9 相傳，漢武帝由於過於思念李夫人，曾特意找來一位能與鬼神溝通的方士，請他招來李夫人的魂魄與自己相見。

10 方士答應了漢武帝的請求。深夜時分，他讓人將李夫人的畫像掛在房間的牆上，然後在供桌上擺好貢品，點上燈燭。

11 房間裏還設了一頂帷帳。方士請漢武帝進入，囑咐他無論發生何事，都不能走出來。隨後，方士便開始「作法」了。

12 忽然，帷帳外傳來一陣腳步聲，漢武帝抬頭一看，見有一個身影正慢慢走來。那人的身姿與李夫人的何其相似。

13 但她始終不進帷帳，一會兒踱來踱去，一會兒坐下。漢武帝看着看着，再也控制不住自己，掀開帷帳便向那身影跑去。

14 可外面一個人也沒有，哪裏有李夫人的身影呢？漢武帝不禁悵然若失，跌坐在地。

15 事後，漢武帝含淚寫了一首小詞來懷念李夫人：「是邪，非邪？立而望之，偏何姍姍來遲！」

貪生怕死

釋義：貪戀生存，害怕死亡。

1　公元前25年，西漢宗室劉立承襲父親的王位，成為諸侯國梁的第八代王。劉立繼位後只顧着吃喝玩樂，從不問政事。

2　他的性格暴躁易怒，百姓和地方官吏常常無緣無故遭到他的毒打。

3　梁國大臣忍無可忍，紛紛向漢成帝告狀，希望朝廷可以約束一下這個恃寵而驕的諸侯王。

④ 漢成帝覺得劉立行事荒唐，便沒收了他的坐騎和兵器，還禁止他隨意出宮。

⑤ 可沒過多久，劉立就照常在夜間私出宮門，而且肆意報復上書參奏他的大臣。

⑥ 漢成帝接報後，又削減劉立的封地以示懲罰，但劉立一點兒也不把朝廷的處置放在心上，越發放縱驕橫、目中無人。

⑦ 到了漢哀帝時，劉立嗜殺成性，接連殺害了下屬中郎曹將等人。

8 漢哀帝非常震驚，命朝中官員到梁國徹查此事。劉立卻假裝病重，臥牀不起，以為這樣就可以逃避朝廷對他的調查。

9 辦案官員大為惱怒，傳訊劉立的手下，指責劉立不思悔改，反抗朝廷，並透露漢哀帝將收回劉立的印璽，將他逮捕入獄。

10 劉立聽說後，知道事態嚴重，有可能自己的性命都不保，連忙摘下王冠，去向辦案官員請罪。

11 他裝作一副懊悔不已的樣子，流着淚說：「我自幼失去雙親，在深宮中與宦官、宮女相處，才染上了那麼多不良的習氣。」

12 見對方無動於衷，他又跪倒在地說：「我自知有罪，但又貪生怕死，裝病是希望拖延到新春大赦，並非對抗朝廷。」

13 但辦案官員沒有因此手下留情，而是按照相關律令，徹查了此案，將劉立關進了陳留獄。

14 漢哀帝沒有立刻懲處劉立，等到第二年新春大赦的時候，他就被放了出來。

15 後來，新都侯王莽篡權，劉立在激烈複雜的內部鬥爭中被廢為平民。

鐵杵磨針

釋義：將鐵棒磨成細小的針。比喻做事要有恆心才能成功。杵（粵音柱），意指棒。

1 唐代著名詩人李白小時候特別淘氣，他的父親為了讓他修身養性、早日成材，把他送到了學堂念書。

2 剛開始，李白還覺得學堂裏新鮮好奇，但沒過幾天，他就覺得先生教的那些東西非常無聊，常常逃學到街上閒逛。

3 這天，李白又逃學了。他在街上東瞧瞧、西看看，不知不覺來到了城外。他看到一條小溪，便跳進溪水中摸魚。

4 他忙活了大半天，卻一條魚也沒有摸到，不由得十分沮喪。這時，他聽到岸邊傳來一陣類似磨刀的聲音。

5 他循着聲音上了岸，只見一位頭髮蒼白的老婆婆正在小溪邊磨着一根棍子般粗的鐵杵。

6 李白心生好奇，走上前問：「老婆婆，您在磨什麼啊？」

7 「我要把這根鐵杵磨成一根繡花針。」老婆婆連頭都沒有抬，繼續賣力地磨着手中的鐵杵。

8 李白聽了目瞪口呆，追問道：「鐵杵這麼粗，什麼時候才能磨成細細的繡花針呢？」

9 老婆婆停下手中的動作，笑着對李白說：「這有什麼奇怪的呢？只要我堅持不懈，就一定能做到。」

10 李白聽了老婆婆的話，若有所悟，對自己的逃學行為感到慚愧。他向老婆婆道別，然後立即回到學堂，專心讀書。

11 從此以後，李白再也沒有逃過學，每天都特別用功地學習。最終，他成為一位名垂千古的大詩人。

圖窮匕見

釋義：地圖展開到最後露出了匕首。比喻
事情發展到最後，終於露出了真相或本
意。

1 戰國末期，秦王嬴（粵音仍）政一心想
吞併天下。東方的燕國岌岌可危，燕國
太子丹萌生了刺殺嬴政的想法。

2 太子丹找到刺客荊軻，又找來一個叫秦
舞陽的武士做荊軻的助手，希望他們可
以借獻燕國地圖之機，殺掉嬴政。

3 嬴政生性多疑，僅憑獻圖求和前去接近
他，未必能取得他的信任。這時，荊軻想
到了一個叫樊於（粵音烏）期的人。

4 樊於期曾是秦國大將，因不滿秦國的暴政奮起反抗，反遭滅族。荊軻找到他，說自己可以為他報仇，不過要借他的項上人頭一用。

5 樊於期吃了一驚，不過他很快明白了：他是秦國的通緝犯，用他的頭顱可換來接近嬴政的機會。他毫不猶豫地拔劍自殺了。

6 荊軻鄭重地埋葬了樊於期的屍身，把他的頭顱裝在一個木匣裏。

7 荊軻和秦舞陽以燕國使者的身分來到秦國。嬴政聽說燕國割地求和，急忙宣見他們，可秦舞陽一進殿就緊張得直冒汗。

8 嬴政起了疑心，喝令秦舞陽退下，叫荊軻一個人捧着地圖和裝有樊於期頭顱的木匣上前。

9 嬴政先接過木匣，打開一看，果然是樊於期的頭顱，十分滿意，逐漸放鬆了對荊軻的戒備。

10 他又叫荊軻為他展示地圖。荊軻一點點地展開地圖，指給嬴政看。等地圖展開到盡頭時，藏在裏面的匕首露了出來。

11 嬴政大驚失色，立即跳了起來。荊軻見狀，連忙拉住嬴政的袖子，舉起匕首就刺向他，可是沒有刺中。

12 贏政猛地一使勁，掙斷了衣袖。他一邊繞著大殿上的柱子逃跑，一邊想拔劍自衛，可是手忙腳亂中，長劍怎麼也拔不出來。

13 這時，有個太醫急中生智，拿起一個藥罐向荊軻砸去。荊軻連忙用手去擋，贏政趁機拔出長劍，刺中了荊軻的腿。

14 荊軻倒在地上，奮力把匕首扔向贏政。贏政一閃身，那把匕首從他的耳邊飛過。

15 贏政的侍衛很快趕到。他們圍住荊軻和呆立一旁的秦舞陽，一通砍殺，兩位刺客就這樣獻出了寶貴的生命。

聞雞起舞

釋義：聽到雞叫就起來舞劍。比喻有志報國的人及時奮起行動。

1 東晉名將祖逖（粵音剔），父親早逝，全靠兄長們照顧。由於沒有父親管束，他非常自由散漫，從不知道認真讀書。

2 十五歲以後，祖逖才開始認真讀書。他博覽羣書，還常到當時的西晉京城洛陽遊歷，漸漸地掌握了許多知識。

3 與祖逖接觸過的人，都稱讚他是個能輔佐帝王治理國家的人才。

4 後來，祖逖和好友劉琨一同擔任司州主簿。他們感情十分深厚，而且都有着遠大的理想，常徹夜長談，同牀而臥。

5 有一次，才睡到半夜，祖逖就被公雞的鳴叫聲吵醒了。他一腳踢醒劉琨，問：「你聽見雞叫聲了嗎？」

6 劉琨揉着惺忪的睡眼回答：「大家都說半夜聽到雞叫不吉利。」

7 祖逖掀開被子，說：「我不這樣想。不如我們以後聽見雞叫就起來練劍吧！」劉琨被祖逖的熱情感染，也起牀了。

8 此時，四周靜悄悄的，天微微有些亮光，寒氣逼人，祖逖和劉琨在屋外不知疲倦地舞起劍來。

9 一直到紅日從東方升起，汗流浹背的兩人才收劍回屋。

10 此後，他們每天都「聞雞起舞」，寒來暑往，從不間斷。功夫不負有心人，他們終於成了為能文能武的全才。

11 後來，祖逖被封為將軍，成為保家衛國的英雄，實現了他報效國家的願望。劉琨也做了將軍，為國家出力。

懸梁刺股

釋義：把頭髮用繩子繫在房梁上，用錐子刺自己的大腿。形容刻苦學習。

1 戰國時期，有個叫蘇秦的人，曾在權謀大師鬼谷子門下學習。學成後，他開始去各國游説，希望謀得一官半職。

2 可是事與願違，蘇秦四處碰壁，遊歷多年也沒能得到君主重用。最後，他身上的錢全花光了，只得狼狽地回到家鄉。

3 他的妻子、兄嫂見他一副落魄的樣子，都對他愛搭不理的，這讓他心裏很難過。

4 回想起這些年的經歷，蘇秦覺得都是因為自己學識不夠，才淪落到這個地步。於是，他決心發奮讀書。

5 每天，蘇秦都讀書到深夜。可是，有時候他實在太累了，讀着讀着就開始眼皮打架，這該怎麼辦啊？

6 蘇秦想到了一個辦法，每當犯困，他就用事先準備好的錐子狠狠地刺自己的大腿，疼痛的感覺會讓他馬上清醒過來。

7 經過一年多的苦讀，蘇秦掌握了豐富的知識。後來，他憑藉自己的智慧，成功説服各諸侯國結為聯盟，一起對付秦國。

8 漢朝時，也有一個像蘇秦一樣勤奮苦讀的人，他叫孫敬。孫敬勤奮好學，常閉門讀書到深夜，鄰居都稱他為「閉戶先生」。

9 為了不讓自己打瞌睡，孫敬也想到了一個好辦法。他找來一根繩子，一端繫在頭髮上，一端繫在房梁上。

10 他昏昏欲睡時，只要一低頭，頭髮就會被繩子扯得生疼，再強烈的睡意都會被疼痛驅散得一乾二淨。

11 憑着這股學習的勁頭，孫敬後來成了一位儒學大師。後人將蘇秦刺股和孫敬懸梁的故事概括為一個成語——懸梁刺股。

一錢不值

釋義：一文錢也不值。比喻毫無價值。

1 灌夫是西漢時期的武將，他豪爽剛烈，看不上有權有勢的皇親國戚，卻願意親近地位卑下的俠義之士，常與他們舉杯狂飲。

2 有一天，灌夫喝醉酒後，竟動手打了竇太后的弟弟竇甫。漢武帝擔心竇太后會治灌夫的罪，便把他調到別處任職。

3 幾年之後，灌夫又因犯法丟了官職，只得閒居在家。雖然不做官了，但他鄙視權貴的脾性一點兒沒變。

4 有一年，丞相田蚡（粵音焚）娶親，皇親國戚都前去慶賀。灌夫的好友魏其侯竇嬰也拉着灌夫前去湊熱鬧。

5 酒席上，灌夫向田蚡敬酒。由於田蚡與灌夫素有嫌隙，灌夫當時沒有官職，所以田蚡傲慢地拒絕了。

6 灌夫強笑着說：「今天是您大喜的日子，理應乾了這一杯啊！」田蚡無動於衷，連酒杯都沒有端起。灌夫窩了一肚子火。

7 灌夫又去向臨汝侯灌賢敬酒。這時，灌賢正和程不識說笑，沒有注意到灌夫。灌夫的怒火唰地被點燃了。

8 他指着灌賢罵道：「你平日把程不識詆毀得一錢不值，現在長者來敬酒，你竟只顧着和他說話，而對我置之不理。」

9 滿屋的賓客聽了都非常尷尬，知道灌夫是在借題發揮，紛紛藉口上廁所走了。竇嬰也不想惹事，示意灌夫一起出去。

10 田蚡見狀，火冒三丈，立刻命手下將灌夫扣住。有人勸灌夫向灌賢、田蚡叩頭賠罪，灌夫卻堅決不肯。

11 田蚡借此事彈劾灌夫，詆毀灌夫飛揚跋扈、驕傲放縱，犯了大逆不道之罪。最後，灌夫和家人都被斬首了。

釋義：原指人的心竅（粵音撬）不通，不明智。後來比喻對事物完全不理解，一點也不懂。竅，意指孔洞。

1 商朝最後一位國君紂王，是歷史上有名的暴君。他非常寵愛自己的妃子妲己，整日與她在後宮喝酒玩樂。

2 為討妲己歡心，紂王修建了許多華麗的宮殿和亭臺樓閣，還從全國各地搜集來許多新奇的物品供妲己賞玩。

3 見紂王如此貪圖享樂，有些人開始心生不滿，謀劃反叛。紂王為了鎮壓住這些人，就發明了很多種酷刑。

4 在妲己的蠱惑下，紂王還殺了許多忠臣和無辜的百姓。

5 紂王的叔父比干是一個忠義的大臣，他不想看到國家斷送在紂王的手中，多次勸諫紂王遠離妲己、重振朝綱。

6 妲己知道後，對比干懷恨在心，一直想找個機會除掉這個多管閒事的人。

7 有一次，紂王聽信妲己的話，下令殺害了忠臣梅伯，比干得知此事後，又在一旁苦口婆心地勸說紂王。

8 比干越說越激動，紂王卻越聽越不耐煩，漸漸地開始面露怒色。

9 妲己見了，在一旁煽風點火：「比干總說自己是忠臣，但每次都反對大王。不如剖出他的心來，看看他到底是不是忠臣。」

10 紂王早就對這個叔父忍無可忍了，聽到妲己這麼說，居然真的命人殺了比干，並殘忍地挖出了他的心。

11 儒家學派創始人孔子說起這件事時，曾感歎道：「紂王做事昏庸，心竅不通。哪怕通了一竅，也就不會殺害比干了。」

一意孤行

釋義：原指謝絕親友請托，按照自己的主張辦事。現形做事容固執己見、不會變通。

1 趙禹是漢朝時太尉周亞夫的下屬。他為人正直廉潔，眾人對他評價頗高，但周亞夫認為此人執法過嚴，一直沒有重用他。

2 一個偶然的機會，漢武帝看到了趙禹寫的文章。他那犀利的文筆、獨到的見解，令漢武帝大為驚歎。

3 漢武帝覺得趙禹是個不可多得的人才，便把他找來，讓他和廷尉張湯一起制定國家法律。

4 許多官員害怕趙禹和張湯制定的法律太過嚴苛，對自己不利，都來巴結他們，時常請他們赴宴飲酒。

5 趙禹總是斷然拒絕這類邀請。有時候實在推辭不了，他在宴席上也不怎麼說話，根本不理會那些官員請他修改律法的暗示。

6 有些官員見美酒佳餚無法打動趙禹，就帶着厚禮登門拜訪。

7 誰知，趙禹只是與他們天南地北地閒聊，絲毫不給那些官員說正事的機會。

8 過了一會兒，來訪的官員覺得實在待不下去了，只好起身告辭。

9 臨出門時，趙禹還讓他們把帶來的禮物拿回去。

10 那些官員屢屢遭拒，終於明白趙禹是個清正廉潔之人，根本不可能接受自己的請求，也就不再來巴結他了。

11 趙禹曾對朋友說：「我拒絕別人的請託，是為了處理事情時不受干擾，只有這樣我才能對得起皇上的信任。」

鑿壁偷光

釋義：原指匡衡鑿穿牆壁借鄰舍家的光讀書。後形容家貧而讀書刻苦，勤奮學習。

1 西漢時期，有一個叫匡衡的孩子。他家祖祖輩輩以種田為生，生活十分貧苦。

2 匡衡雖然沒錢上學，但是跟着一個親戚學會了認字，漸漸地喜歡上了看書。可是，家裏連溫飽都成問題，哪有錢買書呢？

3 後來，匡衡聽説村裏有戶人家有許多藏書，便主動找上門去，請求給他們家當僕人。

4 匡衡對主人說：「我不要您的工錢，只要您借書給我看就行了。」 主人被匡衡好學的精神打動，爽快地答應了他。

5 但是，白天匡衡要幹活，幾乎抽不出一點兒時間來看書。

6 到了晚上，他沒有工錢買油點燈，還是沒辦法看書。他感到十分沮喪。

7 長夜漫漫，匡衡躺在牀上輾轉反側，無法入眠。他想起白天看過的那些書，便小聲地背誦起來。

8 忽然，他發現從東邊牆壁透過來一絲亮光。他覺得奇怪，趕緊下牀查看。原來是鄰居家的燈光透過牆縫照了進來。

9 匡衡靈機一動，拿來一把錐子在牆縫上偷偷地鑿開了一個小洞，這樣就能讓更多的光照進自己的屋子了。

10 於是，匡衡蹲在這個小洞旁，借着照過來的燈光讀書。直到鄰居熄燈了，他才合上書去睡覺。

11 就這樣，經過無數個日夜的苦讀，匡衡終於成了一位有名的學者。

紙上談兵

釋義：在紙面上談論打仗。比喻空談理論，不能解決實際問題。

1 趙括是戰國時趙國名將趙奢的兒子，他從小跟隨父親學習兵法，談起用兵之道總是滔滔不絕，但趙奢從未對他表示讚許。

2 趙括的母親覺得趙奢對兒子太過嚴厲，勸他多多肯定兒子。

3 趙奢卻連連擺手說：「趙括從未上過戰場，只會紙上談兵。日後如果讓他做趙國將軍，那必定會斷送趙國的前程啊！」

④ 公元前260年，秦軍大舉進攻趙國的長平。由於秦軍人多勢眾，趙國大將廉頗連打了幾場敗仗。

⑤ 後來，廉頗採取以防守為主的策略，固守城中，想等秦軍疲勞了再出擊。秦軍屢次辱罵挑釁，廉頗都拒絕出戰。

⑥ 秦國丞相范睢認為，秦國想取勝，就必須調走趙國的得力大將廉頗。於是，他派人到趙國，散布廉頗不敢出戰迎敵的謠言。

⑦ 趙孝成王聽到謠言後，果然心生懷疑，想撤掉廉頗的職位。就在他猶豫該派誰去替換廉頗時，有大臣向他推薦了趙括。

8 當時，趙奢已經去世，趙括作為名將之子，可以說是替換廉頗的不二人選。趙孝成王急忙宣趙括進宮，詢問他的意見。

9 趙括不僅向趙孝成王分析了當下的形勢，還大談特談自己之後的用兵計策。趙孝成王大喜，當場任命他為大將軍。

10 趙括的母親想起丈夫生前的話，心裏非常忐忑，便前來勸阻趙孝成王，但趙孝成王根本聽不進去。

11 趙括率軍來到長平，接任了廉頗的職位後，立即下令撤換原來的軍吏，這導致趙軍上下軍心不穩。

12 而且他還改變了廉頗的對敵策略。他說：「秦軍若來挑戰，我們就迎頭痛擊；秦軍若戰敗逃跑，我們就緊追不放。」

13 秦將白起獲悉後，在與趙括對戰時，假裝戰敗，不斷後撤。趙括帶兵緊追不捨，卻一步步進入了白起布下的埋伏圈。

14 後來，趙軍被秦軍圍困四十多天，既沒糧食，又無援兵。趙括想帶兵衝出重圍，結果被如雨點般襲來的亂箭射死了。

15 主帥一死，趙軍頓時大亂，士兵們紛紛繳械投降。經此一戰，趙國幾乎所有的兵力都被消滅了，再也難與秦國為敵。

紙上談兵

指鹿為馬

釋義：指着鹿，說是馬。比喻顛倒黑白，混淆是非。

1 秦朝時，有一個叫趙高的奸臣。他出身卑微，但善於察言觀色，阿諛奉承，因此很得秦始皇賞識。

2 公元前210年，秦始皇出京巡遊。在半路上，他突患重病，病死在沙丘宮。

3 趙高怕秦始皇的長子扶蘇即位會對自己不利，於是秘不發喪，聯合丞相李斯偽造遺詔，立秦始皇的第十八子胡亥為皇帝。

④ 趙高還另外偽造了一份詔書,以「不忠不孝」的罪名賜死了扶蘇。

⑤ 胡亥繼位後,趙高一手遮天。沒過多久,趙高為獨攬政權,偽造了李斯謀反的罪證,將李斯處死了。

⑥ 趙高就這樣坐上了丞相的位置,之後他陸續設計除掉了一大批政敵,朝中大臣都非常害怕他。

⑦ 趙高野心勃勃,雖然他已成為秦朝的實際統治者,卻還妄想篡奪皇位。

8 他擔心朝中大臣不受他的擺布，就想了個辦法來試探這些大臣。

9 趙高找來一隻鹿，獻給胡亥。他當着大臣們的面，指着鹿説：「這匹馬是我特意獻給陛下的。」

10 大臣們聽了摸不着頭腦，你看看我，我看看你，都不敢説話。

11 胡亥雖然糊塗，但還沒愚蠢到分不清鹿和馬的地步，他大笑着説：「丞相弄錯了吧？這明明就是鹿啊！」

12 趙高卻斬釘截鐵地說：「不對，不對，這就是一匹馬。陛下如果不相信，問問大臣們就知道了。」

13 有的大臣們看見趙高狠毒的眼神後，紛紛附和道：「對，這是馬，是一匹好馬！」

14 有的大臣卻堅稱是馬。事後，那些持反對意見的大臣，都遭到了趙高的暗中謀害。

15 從此，朝中再也沒有敢反對趙高的官員了。後來，趙高逼迫胡亥自殺，擁立子嬰為王，沒想到他反被子嬰設計殺死了。

趾高氣揚

釋義：走路時腳抬得很高，十分神氣。形容驕傲自滿、得意忘形的樣子。

1 公元前701年，楚國莫敖（最高官職名）屈瑕率軍攻打郧（粵音雲）、隨等國。在將軍斗廉的幫助下，他最終大獲全勝。

2 可是，屈瑕將所有的功勞都攬在了自己身上，自此變得目中無人、剛愎自用，常以「常勝將軍」自居。

3 過了兩年，楚武王又派屈瑕去攻打羅國。屈瑕信心滿滿，欣然領命。

④ 出發那天，屈瑕與送行的官員道別後，把腿抬得高高的，驕傲神氣地登上了戰車，然後帶着軍隊揚長而去。

⑤ 大臣鬥伯比見了，對他的車夫説：「屈瑕這次肯定會戰敗！你看他那趾高氣揚的樣子，還能冷靜地指揮軍隊嗎？」

⑥ 鬥伯比不放心，連忙去求見楚武王，向他描述屈瑕臨行前的情景，請他增派軍隊援助屈瑕，但楚武王認為沒有必要。

⑦ 楚武王與寵妃鄧曼閒聊時，無意中説起這件事。鄧曼説：「鬥伯比的話有道理，驕兵必敗，大王應立即發兵增援啊！」

⑧ 楚武王這才明白事情的嚴重性，急忙發兵前去增援屈瑕。

⑨ 再說屈瑕，他帶領軍隊來到戰場時，敵軍已經嚴陣以待。有人建議屈瑕，儘快調整策略，提防敵軍的攻擊。

⑩ 可屈瑕根本不把敵軍放在眼裏，他還覺得提建議的人多管閒事，下令說：「誰再來勸我，就立即按軍法處死！」

⑪ 隨後，他命令軍隊隨地紮營，對敵軍沒有絲毫戒備。

12 楚武王的援兵還沒趕到,敵軍就對楚軍發起了猛烈的襲擊。楚軍抵擋不住,很快就潰不成軍。在一片混亂中,屈瑕慌忙登上一輛戰車,與突出重圍的幾個將士狼狽地逃走了。

13 逃跑的楚軍將士被敵軍一路追殺。最後,只有屈瑕一人逃到一個山谷,撿回了一條性命。

14 屈瑕回想起自己當初出征時趾高氣揚的樣子,十分羞愧,覺得再也沒有臉面回去見楚武王了。

煮豆燃萁

釋義：燃燒豆萁（粵音棋）來煮豆子，比喻兄弟之間互相殘殺或內部互相迫害。

1 曹植是曹操之妻卞氏生的第三個兒子。他天資聰穎，十歲時就已經讀了幾十萬字的詩賦文章，而且還寫得一手好文章。

2 有一次，曹操讀了曹植寫的一篇文章，十分驚喜，故意問他：「這文章寫得不錯，果真是出自你的筆下嗎？」

3 曹植答道：「兒能出口成論，下筆成章。父親若不信，請當面考我。」曹操哈哈大笑，動了將曹植定為王位繼承人的念頭。

4. 然而，曹植為人瀟灑不羈，他行事不拘小節，飲酒不加節制。曹操覺得他難以擔當大任，因此最後選定了曹丕當太子。

5. 曹丕是曹植的同母哥哥，他很嫉妒曹植的才華，對這位強大的競爭對手心存戒備。

6. 曹操死後，曹丕順利登上了王位，但他還是對弟弟曹植有所顧忌，一直想找個機會除掉他。

7. 有一次，曹丕當着滿朝官員的面，要求曹植必須在七步之內作出一首詩，否則就要將他處死。

8 曹植自然明白哥哥的用意。他悲從中來，當即吟詩：「煮豆燃豆萁，豆在釜中泣。本是同根生，相煎何太急。」

9 大意是：煮豆時豆萁在鍋底燃燒，豆子在鍋裏哭。豆萁和豆子本同一株生長出來的，豆萁為何要急着煎熬豆子？

10 顯然，曹植是借詩質問曹丕：你這個做哥哥的為什麼完全不顧手足之情？曹丕聽了十分慚愧，打消了處死曹植的念頭。

11 不過，曹植雖然保全了性命，卻一輩子遭受猜忌，多次被改爵位、遷徙封地。公元232年，四十一歲的曹植鬱鬱而終。

專橫跋扈

釋義:形容獨斷專行,任意妄為,蠻不講理。

1 東漢時,有一個叫梁冀的將軍。他仗着自己的妹妹是漢順帝的皇后,貪贓枉法,橫行霸道,胡作非為。

2 洛陽令呂放是梁冀的父親梁商的老朋友。有一次,呂放趁着進京,拜會梁商,將梁冀的所作所為告訴了他。

3 梁商聽後大為震怒,將梁冀找來,嚴屬地把他訓斥了他一番。

4 梁冀因此對呂放懷恨在心，暗中派出刺客，殺死了呂放。

5 梁冀怕父親將這件事怪罪到自己頭上，還借追捕兇手為名，殺害了呂放宗族親友一百多人。

6 梁商病故後，梁冀越加狂妄，朝中大臣都生怕得罪他而丟了性命。

7 漢順帝死後，兩歲的劉炳即位，也就是漢沖帝，梁皇后成為皇太后，臨朝攝政。梁冀也掌握朝中大權。

8 一年後，漢沖帝夭折。梁冀為了能完全把持朝政，不顧眾臣反對，強行把八歲的劉纘立為皇帝，即漢質帝。

9 漢質帝雖年幼，但很聰明，他見梁冀那樣驕橫，心裏不滿。一次，他當着羣臣的面，指着梁冀說：「這位是跋扈將軍！」

10 梁冀預感到這個小皇帝不好控制，便暗中命人把毒藥加入餅裏送給漢質帝吃，毒死了漢質帝。

11 漢質帝死後，梁冀當眾宣布立劉志為皇帝，即漢桓帝。因為梁冀的妹妹是劉志的妻子，這樣梁冀可以繼續把握朝政。

12 年僅十四的漢桓帝，自然成了梁冀的傀儡。梁冀認為自己的地位已不動搖，便放心地過起了帝王般的奢侈生活。

13 漢桓帝雖對梁冀不滿，但也只得忍氣吞聲。十三年後，漢桓帝覺得時機已經成熟，便秘密召集大臣，商議除掉梁冀。

14 當梁冀的府第被御林軍團團圍住時，他還稀裏糊塗的，不知道發生了什麼事。

15 等梁冀反應過來，一切都已經晚了。他自知罪責難逃，於是服毒自殺了。

自慚形穢

釋義：因為自己模樣醜陋而感到羞愧。也指因自己不如別人而感到慚愧。

1 驃騎將軍王濟是西晉時期有名的美男子。他相貌英俊，氣度不凡，擅長騎馬射箭，當時的人們都非常仰慕他。

2 有一年，王濟的外甥衛玠（粵音界）與母親一同前來投奔王濟。

3 衛玠風度翩翩，相貌驚人，王濟一見他，便驚呼：「大家都說我相貌過人，與我的外甥一比，我簡直太難看了！」

4 過了一段時間，王濟帶着衛玠母子前去拜訪親朋好友。走在路上，衛玠如玉雕琢而成的相貌，吸引了許多路人駐足圍觀。

5 附近的百姓呼朋引伴、你擁我擠，都希望擠到最前來一睹衛玠的美貌。衛玠等人好不容易才穿過擁擠的人羣。

6 到親戚家後，親友們見到衛玠也驚呆了，連聲讚歎衛玠的相貌。他們紛紛拉着衛玠，問他平時都讀些什麼書。

7 衛玠說他在研究玄理，大家便要他談談研究體會。衛玠形貌俊美，卻弱不禁風，不能多說話，所以他的母親一再勸阻。

8 衞玠見推辭不了，便講了起來。雖然他講的時間不長，但講得非常深入透徹，眾人無不拍手叫好。

9 有人感慨地說：「當今王姓的三大美男子都比不上衞家的一個兒郎啊！」

10 王濟聽了，也頗有感觸地說：「是啊，衞玠就像一顆閃耀的明珠，我就像一塊石頭，和他走在一起，我真是自慚形穢！」

11 衞玠後來做了太子洗（粵音癬）馬，是輔佐太子的官職。可惜由於體弱多病，衞玠在二十七歲時便病故了。

成語百寶箱

小朋友，下面藍字的成語都是你們在這本書裏學過的，它們都有一些共通點。我們先把它分類，然後學習更多相關的成語吧！

含有人名的成語

伯樂相馬	東施效顰	塞翁失馬
江郎才盡	孔孟之道	葉公好龍
毛遂自薦	管鮑之交	周公吐哺
孟母三遷	墨守成規	助紂為虐

形容身材的成語

大腹便便	骨瘦如柴	瘦骨嶙峋
膀大腰圓	虎背熊腰	亭亭玉立
短小精悍	人高馬大	五大三粗
婀娜多姿	弱不禁風	嬌小玲瓏

描寫人物動作的成語

不寒而慄	健步如飛	手舞足蹈
負荊請罪	狼吞虎嚥	探頭探腦
拂袖而去	摩拳擦掌	搖頭晃腦
橫衝直撞	躡手躡腳	抓耳撓腮

描寫人物言談的成語

紙上談兵	誇誇其談	滔滔不絕
高談闊論	妙語連珠	頭頭是道
侃侃而談	巧舌如簧	信口開河
口若懸河	談笑風生	語無倫次

形容勤奮刻苦的成語

程門立雪	聞雞起舞	學而不厭
囊螢映雪	手不釋卷	夜以繼日
懸梁刺股	臥薪嘗膽	焚膏繼晷
鑿壁偷光	發奮圖強	孜孜不倦

形容貧困的成語

不名一文	貧無立錐	挨餓受凍
家徒四壁	缺衣無食	一貧如洗
阮囊羞澀	身無長物	一無所有
飢寒交迫	食不果腹	衣不蔽體

描寫英雄人物的成語

大義滅親	堅貞不屈	無所畏懼
奮不顧身	臨危不懼	義無反顧
赴湯蹈火	身先士卒	正氣凜然
豪情壯志	視死如歸	壯志凌雲

形容驕傲的成語

趾高氣揚	旁若無人	傲睨萬物
不可一世	妄自尊大	自高自大
目空一切	唯我獨尊	自鳴得意
目中無人	眼空四海	自命不凡

在書中找找看，還有哪些同類成語吧！

 園丁文化

孩子愛讀的漫畫中國經典
成語故事①人物篇

編　　繪：幼獅文化
責任編輯：王一帆
美術設計：張思婷
出　　版：園丁文化
　　　　　香港英皇道 499 號北角工業大廈 18 樓
　　　　　電話：(852) 2138 7998
　　　　　傳真：(852) 2597 4003
　　　　　電郵：info@dreamupbooks.com.hk
發　　行：香港聯合書刊物流有限公司
　　　　　香港荃灣德士古道 220-248 號荃灣工業中心 16 樓
　　　　　電話：(852) 2150 2100
　　　　　傳真：(852) 2407 3062
　　　　　電郵：info@suplogistics.com.hk
印　　刷：中華商務彩色印刷有限公司
　　　　　香港新界大埔汀麗路 36 號
版　　次：二〇二二年十一月初版
　　　　　二〇二四年一月第二次印刷

ISBN: 978-988-76251-4-8
Traditional Chinese Edition © 2022 Dream Up Books
18/F, North Point Industrial Building, 499 King's Road, Hong Kong
Published in Hong Kong SAR, China
Printed in China